「あなたには……、良く思われたいからな」
シャイニィは、校門前ではっきり告げた

「恋の戦争よ！」
シンデレラ
【日本国第90代内閣総理大臣、折原のえる】

白雪姫
【アルカンタラ王国皇女継承権所有者、シャイニィ】
「うけてたちましょう」

兄妹で戦うなんてやめようね
——4年後、
その言葉は血みどろの銃撃戦にて
破られることになる

総理大臣のえる!

恋する国家権力

あすか正太

角川文庫 12248

総理大臣のえる！ 恋する国家権力

contents

登場人物紹介

第90代内閣総理大臣
折原のえる

悪魔メフィストに「世界を支配する王」になりたい、と願いをかけたところ「実在するポストじゃないとダメ」と限定されてしまったため、仕方なく総理大臣でガマンしている。負けず嫌いでイタズラが大好き。

長谷川健太

中学2年生。のえるの幼馴染み（おもちゃ？）。気がついたらのえるに首相秘書官にされてしまった。正義感にあふれているが、あふれているだけで気は弱い。のえるに振り回されっぱなしだが……!?

シャイニィ

東南アジアにあるアルカンタラ王国の皇女。アルカンタラ王国には皇子皇女が殺し合いをして、次期国王を決めるというシキタリがある。そのためか本心を明かさない娘に育ってしまったが……。

桃園さくら

22歳。今年、中学教諭になったばかり。正担任の奥原先生が入院してしまったので、よりにもよってのえるの担任に。社会科教諭。真面目。泣き虫。

弥生ほのか

中学2年生、健太とは同級生。性格は温厚で潔癖。健太に気があるようである。のえるの直情的な行動力に憧れている。普段は引っ込み思案だが、突発的に大胆な行動に訴えることがある。

アルリオン

アルカンタラ王国の皇子でシャイニィの兄。王位争奪戦の最有力候補。シャイニィとは異母兄弟。

オルトロス

アルリオンの副官。

メフィスト

ペルシャ猫、悪魔。精神年齢はのえるたちと同じぐらい。詳細は不明。

その他の人々

奥原省一郎

のえるの組の担任教師だが、現在入院中。信任厚い先生。

矢島直樹

健太の悪友。文化祭の脚本に燃えている。

財務大臣

ブルドックみたいにたるんだ頬。製薬カルテルから献金されていたらしい。

白鳥宮乃

健太、のえるの同級生。いばりんぼだが、根は悪い子じゃない。

白峰忍

元厚生労働大臣、白峰誠志郎のひとり娘。のえるの同級生だったが、父の失脚と同時に転校。

木佐孝美

20代後半の数学教師。キザで、イヤミ。ある意味子供。

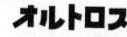

口絵・本文イラスト／剣　康之

プロローグ

「銃《じゅう》を持った子供と格闘技《かくとうぎ》の世界チャンピオン。どっちが勝つのかな」

4年前、彼女は男だった。

頰《ほお》には絆創膏《ばんそうこう》、手の甲《こう》は格闘家がするようなテーピングがぐるぐると巻かれており、ばっさりと切った髪《かみ》はみるからにすがすがしい。二の腕《うで》や太股《ふともも》まるだしのTシャツに半ズボン姿は、やんちゃな男の子そのものだ。

「どういう意味ですか、ノエル?」

隣《となり》に座《すわ》っていた少女が尋《たず》ねた。名をシャイニィという。

母方の血なのだろうか。南国の姫君《ひめぎみ》にしては白い肌《はだ》をしている彼女は小さな顔を傾《かし》げた。頰に浮《う》かんだ赤みがあどけない。ふわりと広がったスカートの中に足を畳《たた》み、青々と広がる芝《しば》の上に手足を投げ出して寝《ね》っ転がっているのえるを見つめている。

「日本を出る前にね、約束したんだ。強くなるって」

守りたい人がいるの、とのえるは言った。

そのためには誰《だれ》よりも強くなる必要があるのだと。

「強さですか……」

なだらかに下る斜面《しゃめん》からは海と空が一望できる。空の青と海の青が水平線で溶《と》け、一つになる。そこから吹《ふ》き付ける柔《やわ》らかな浜風《はまかぜ》が、二人の頬をなでた。

のえるは包帯の巻かれた手のひらを見つめながら、拳《こぶし》を握《にぎ》ったり開いたりした。

「そりゃ勝つのは子供のほうだけど、じゃあ銃の腕を磨《みが》くってのも違《ちが》う話じゃない？　銃よりさらに強い武器が出てきたらオシマイなんだしさ」

「ノエルは守りたい人がいるのですよね。だからいつでも、どんな状況《じょうきょう》でも、どれほどの敵を前にしても通用する強さを探している」

「はじめはさ、なんかのチャンピオンになろうと思ったんだけどさ、どんなに腕っぷしを鍛《きた》えたって、それが強いのは武器を使わないっていう『枠《わく》』の中での話なんだよね。リングを出たら、ただの人。決して人間以上にはなれない。それはそれで凄《すご》いと思うけど、それはあたしの探してる強さじゃないし……」

「我《わ》が国ではお父様が一番お強いですわ。誰も逆らえません」

「王様か……。確かにどんなに身体《からだ》鍛えたって、核《かく》ミサイルが落ちたらオシマイだしね。そっちのほうが強いよねぇ」

のえるはぼそぼそとつぶやくうちに、あることをひらめいた。

「総理大臣か……」

「なにか言いました？」

「いっちょ狙《ねら》ってみっかな？」

「え？」

なんでもないよ、とのえるは首を振《ふ》り、

「ねえシャイニィ、約束しない？」

はい、と無条件にうなずく少女に、のえるは指切りのポーズを取った。

「どっちが早く天下を取るか、勝負するの」

第1章

歴史を変える女

「のえる、廊下《ろうか》を走っちゃダメだってば！」

健太《けんた》の忠告も聞かず、

「さくらセンセ、おはよ！」

ポニーテールをやんちゃに跳《は》ねさせながら、のえるが廊下を走り抜《ぬ》けていく。

「あ、のえるさ……」

ここは学校だ。彼女の副担任でもある桃園《ももぞの》さくらは、注意をすべく声をかけようとしたのだが、のえるが突然《とつぜん》くるりと振り向いて、目の前に戻《もど》ってきたものだから、虚《きょ》を衝《つ》かれ、きっかけを失ってしまった。

「センセ、朝から元気ないわよ。ちゃんと朝ゴハン食べた？」

「え、あ、今日はちょっと……」

「寝坊《ねぼう》したんでしょ？　ダメダメ、朝ゴハンは遅刻《ちこく》したって食べてこなきゃ」

一〇〇％の笑顔《えがお》を浮《う》かべると、のえるはまた廊下を走っていった。

「あ、あの……」

つかむ先を失ったさくらの手が、さみしそうに揺《ゆ》れた。

（朝ごはんが食べられなかったのは、寝坊したせいじゃないんだけど……）

さくらは抱《かか》えていたプリントの束が重くなったような疲《つか》れを覚えながら、職員室へ戻っていった。

朝の職員室はあわただしい。

さくらは他《ほか》の先生の邪魔《じゃま》にならないよう、自分の席につき、机の上に置いておいた朝刊の一面を見て、がっくりと肩《かた》を落とした。


「日本って、アメリカと戦争したの？」


『総理、記者との懇談《こんだん》中に放言す』

『折原《おりはら》総理、太平洋戦争を知らず！』

『総理の歴史認識を疑う――各党代表から相次ぐ非難の声』

『歴史教育はどうなっているのか、学習指導要領に欠陥《けっかん》が』

『中学生の学力は平均して毎年低下している。教える側に問題あり』

そんな文章が躍《おど》っている。

この日本には数十万人の教師がいるが、現役の総理大臣を受け持つ教師はそういない。

桃園さくら。

今年、中学校教諭《きょうゆ》になったばかりの22歳。

二年五組の担任。新任教師が担任クラスを持つのも異例な話だが、担任である奥原《おくはら》が事故で長期入院することになり、その副担である彼女が臨時でかけもつことになったのだ。

さらに彼女はよりにもよって社会科の教師。

「そんなことを言われても……」

新聞に向かって泣き言をもらす。

怒《おこ》っている時でも、どこか泣いてるように歪《ゆが》む眉《まゆ》が、ますます気弱なカーブを描《えが》いて、彼女の表情を暗くしていった。

教師は常に生徒の模範《もはん》にならなければいけない、と信じて疑わない彼女。

出勤は早いほうだ。遅刻をしたことは一度もない。職場の中で一番若いから、という理由だけではなく、今日する授業の予習をキチンとしておきたい、とか、生徒より遅《おそ》く登校しては示しがつかない、とか自分に課していることが多々あって、朝練をする部活を受け持っているわけでもないのに、出勤が早い。

一言で言えば、真面目《まじめ》が服を着て歩いているような人間、なのだ。

背中から声をかけられて、さくらはびくっと震《ふる》えた。

真面目さも度を超《こ》していたが、気弱さも度を超している。

「困りましたなぁ」

「き、木佐《きさ》先生……」

おどおどと震える声。

彼女の後ろに立っていたのは隣《となり》のクラスである二年四組を受け持つ男性教師だった。

年は四捨五入すると30になるだろうか。ちなみにまだ独身。

本名は**木佐孝美《たかみ》**というのだが、二枚目に見えないこともない顔とか、ちょっとナルシストがかった振る舞《ま》いから、いつしか生徒たちに「キザ先生」と呼ばれていた。どちらかというと嫌味《いやみ》のつもりでついたあだ名なのだが、本人は生徒に愛されている証拠《しょうこ》だな、と勝手に解釈《かいしゃく》して気に入っている。ある意味幸せな性格をしていた。

ちなみにあだ名はもう一つある。

さて、木佐の声がした途端《とたん》、さくらの大きな瞳《ひとみ》にぶわっと涙《なみだ》が浮かんだ。

それはもう条件反射のようで、背筋は伸《の》び、肩は震え、青ざめた顔は背後に立った木佐を振り向くことすらできない。まるで鬼《おに》教師に怯《おび》えるダメ生徒みたいな情景だ。

「困りますなあ、担任の奥原先生がおられない間にこんな不祥事《ふしょうじ》を起こされては」

「す、すみません」

さくらは木佐に背中を向けたまま、ぺこぺこと謝る。

「奥原先生も安心して入院していられないではないですか」

二年五組の担任である奥原は、自動車事故に巻き込まれて入院中なのである。

「CNNでも報道されてましたよ」

木佐の話し方はいちいち相手にからみつくように粘《ねば》っこい。

「は、はい……」

「世界中に我《わ》が校の教育水準の低さが宣伝されましたな」

「はい」

「たった一人の社会科教師のせいで」

「……はい」

「我々、教師陣《じん》の責任が問われますなあ」

「はい〜っ！」

さくらの大きな目には、いっぱいいっぱいに涙がたまっている。

ぽん、と肩を叩《たた》いたら、だーっ、と頬《ほお》に流れ出してしまいそうなほど、ぎりぎりに。

木佐は指に挟《はさ》んでいたタバコをくわえ、煙《けむり》で輪をつくってみせると、笑った。

「いやはや、新任一年目にして我が校の名を世界に知らしめるとは。まさに世界一の先生ですな」

木佐孝美先生のもう一つのあだ名は、名前をもじって「イヤミ」といった。

♣

同じ頃、のえるはいつものお気楽な顔でこんなことを言っていた。

「とりあえず王子は健《けん》ちゃんということで異論はないとして……」

「あるよっ！」

本人から異論が上がった。

二年五組の黒板には大きな字で『人魚姫《ひめ》』とあり、隣には配役リストが並んでいる。

文化祭で演じる劇のキャストを決めているところだった。

「王子は長谷川《はせがわ》、と」

矢島直樹《やじまなおき》は事態を面白《おもしろ》がっているような笑《え》みを口元に浮《う》かべ、黒板に名前を書き込んだ。

芝居の脚本担当である。

健太の悪友でもある。ちなみに背と態度は健太より頭ひとつ分でかい。

「僕《ぼく》の意見は無視っ⁉」

「じゃ、多数決採るか。王子が長谷川で文句のある人～」

しーん。

（イジメだ……）

健太は涙目だ。

「民主主義的に決定、と」

矢島直樹は赤いチョークで決定、と書き込んだ。

「何が民主主義だよ！　そんなの学級委員選挙の『推薦《すいせん》』と一緒《いっしょ》じゃないか」

「人魚姫が折原なんだから、お前以外に誰《だれ》がやるんだよ」

「そうそう、逆らったら新法成立よ～」

やんちゃなポニーテールを揺《ゆ》らして、のえるが言う。

「法律を使って、物事を決めようとするのはやめなよ！」と、健太は拳《こぶし》を振り上げて主張するのだが、
あはははは、とのえるは笑って片づけてしまった。

「……………」

健太はむなしくなって、視線を外に向けた。

窓の外に広がる空を、ぼんやりと薄《うす》い雲が覆《おお》っている。絹がかかったような柔《やわ》らかな空のところどころにある雲の切れ間から、光のかけらがひらひらと、落ち葉舞う地上に降り注がれていた。

その光が教室に差し込んで、彼女のセーラー服に留められた金色のバッジをキラリと輝《かがや》かせる。

(そうなんだ……)

健太はため息をついた。

制服にバッジがついているといっても、彼女のバッジは、クラス委員とか、生徒会役員とかじゃない。

(国会議員のバッジなんだ……)

彼女こそ、中学二年生にして日本の総理大臣になってしまった女の子、折原のえる、なのだ。

黒板には、こんな日付が躍《おど》っていた。

8月72日。

冗談《じょうだん》ではない。

今年の夏に、一ヶ月しか通用しない魔法《まほう》で総理大臣になってしまったのえるは、白峰《しらみね》という悪い大臣を追いつめるために、『八月延長法』という法律を作って、彼を逮捕《たいほ》するところまでたどりついたのだ。

ここまではいい。

大臣という地位を利用して白峰が作っていた臓器密売のネットワークを叩き潰《つぶ》したのはよいのだが、そこで総理を辞めればいいものを、「こんだけ遊べる権力を手放すのはもったいないわよねえ～」と、未《いま》だに総理を続けている。

やることはといえば、消費税の税率をマイナス五％にしてみたり、野球のルールをめちゃくちゃにしてみたりで、思いつくまま気の向くままのいきあたりばったり。

半分いい子で半分悪い子。それが折原のえる。

もちろん**メフィスト**という魔法使いの力で総理になったというのは、秘密だ。

(言ったって、誰も信用しないと思うけど……)

なんで、そんな重要なことを健太が知っているかというと……。

「そうよ、健ちゃんはあたしの婚約者《こんやく》なんだから、誰にも異論があるわけないじゃない」

だからなのだった。

「それがウソなんだろっ！」

健太がかみつく。

そうなのだ。

総理就任の記者会見で、のえるがイキオイにまかせて言った発言が原因で、健太は世界的にのえるの婚約者ということになってしまっていた。

しかしのえるはまったく動じないばかりか、むしろ意気揚々《ようよう》と、

「健ちゃんが一言ＹＥＳって言えば、すぐにホントになっちゃうんだよ〜」

「もう、そういう考え方やめようよ〜っ」

健太は悲鳴をあげる。

すると、のえるは途端《とたん》に表情を変え、

「健ちゃんはあたしが世界的に恥《はじ》をかいてもいいんだ……」と、悲しげに瞳《ひとみ》を曇《くも》らせた。

途端に健太はおろおろしはじめ、

「も、元はといえば、キミがウケ狙《ねら》いで適当なコトを言ったのが、わ、悪いんだろ」

と、言い訳を始めてしまう。

すると、のえるはけろりと表情を戻《もど》して、ウィンクをするのだ。

「パートナーのミスをフォローするのが、婚約者のつとめじゃな〜い」

「だから違《ちが》うんだろ〜〜〜！」

そんな二人を見て、クラスメイト一同は思うのだ。

(長谷川は完全に折原のオモチャだな……)と。

矢島直樹は健太の肩《かた》を叩《たた》いて、しみじみと言う。

「お前以外に、誰が折原の面倒《めんどう》を見るんだよ……」

「そーよ。健ちゃんは一生あたしを介護《かいご》し続けるのよ」

「のえるは悪口言われてるんだよ⁉」

あはははは、とのえるは一笑に付す。

(ものすごい神経だ……)

健太はそう思うしかなかった。圧倒《あっとう》されていた。

道ですれちがう人がくすくす笑っているだけで、僕《ぼく》のことを笑っているのかも、とつい考えてしまう自分とは、神経のつくりが糸とナイロンザイルほども違う。

同じ人間とは思えない。

そのへんは、正直、凄《すご》いと思っていた。

健太はのえると再会して、一つわかったことがある。

物事はつまるところ、受け止め方だということに。

身の回りにはどうにもならないことが多い。ホントに多いんだけれど、受け止め方次第で自分の気持ちはどうにでもなる。完全にハッピーになることはできなくても、笑顔に近づくことはできる。

天気は人の力じゃどうすることもできないけれど、雨の日を楽しむことはできる。

そういうことだ。

のえるは雨だろうと雷《かみなり》だろうと台風だろうと楽しめる人間だ。

そばにいると、毎日が面白《おもしろ》くて面白くてしょうがないという雰囲気《ふんいき》が伝わってくる。

なんとなく、自分まで楽しい気分になってくる。

（だから、幼なじみをやめられないのかな？）

もっとも、それと同じだけ精神的に疲《つか》れるんだけども。

（ホント、僕はのえるのオモチャだよなぁ……）

健太はしみじみそう思うのだ。

「と、いうことで決まりっ」

と、のえるが自分のキャスティングにも決定の赤丸を入れようとすると、教室の後ろから、ツインテールの女生徒が着席したまま声を上げてきた。

「折原さん、ホントに人魚姫《ひめ》でいいの～？」

吊《つ》り目をにやにやと歪《ゆが》ませているのは**大鳥宮乃**《おおとりみやの》だった。両手を頭の後ろで組みながら、からかうような口調でのえるに言葉を投げる。

「人魚姫って、王子と結ばれないのよ」

「え、そーなの？」

「だから海の泡《あわ》となって消えたのよ」

「ええーっ！」と、のえるは本気で驚《おどろ》いた。

「そんなことも知らないで、主人公やろうとしてたのか……」

健太は呆《あき》れた。

「て、いうか、人魚姫ってどんな話？」

これには全員、呆れ果てた。

一人、真面目《まじめ》な顔で尋《たず》ねるのえるに、健太は悲しく首を振《ふ》った。

「もういい……。もう何も言わなくていいよ……」

人魚姫はその名の通り、人魚の国のお姫様の話だ。

ある日、海を泳いでいた人魚姫は、船の上にいた人間の王子を見て、彼のことを好きになってしまう。ところが海は突然《とつぜん》の嵐《あらし》に襲《おそ》われ、船は難破。人魚姫は決死の思いで王子を救い出す。ところが王子は目覚めた浜辺《はまべ》で人間のお姫様と出会ってしまう。王子は彼女が自分を救ってくれたのだと勘違《かんちが》いし、好きになった。

　いっぽう王子への想《おも》いを断ち切れない人魚姫は、魔法使《まほうつか》いの力で、声と引き替《か》えに足を手に入れ人間の国へと向かう。

　しかし喋《しゃべ》ることのできない人魚姫は王子の勘違いを解くことができない。

　王子はお姫様と結ばれ、魔法が解けた人魚姫は水の泡となって消えてしまうのだった。

「……と、いう話なんだよ」

　のえるは怒った。

「ひっどーい。最低のオチね！　全然笑えないわ」

「いや、人魚姫はコメディじゃないんだけど……」

「それでも人魚姫やりたいんだ～？」

　宮乃はニヤニヤとほくそ笑む。

「うっ……」

　のえるは困った。

「あたしが代わってあげてもいいわよ」と、宮乃。

（自分が主役をやりたいだけか……）

　健太は気づいたが、まあ、そのほうがいいかな、と思った。

　わがまま度数では、大鳥宮乃ものえるも似たようなものだが、しょせん宮乃は普通《ふつう》の中学生だ。振り回されるにしても程度がしれてる。

「のえる、別にお芝居《しばい》ぐらい代わってあげてもいいんじゃないの？　劇には、観《み》る楽しみだってあるんだしさ」

「わかった！」

と、のえるは手を叩《たた》いた。

「手話よ！　人魚姫は手話を学んで、王子と結ばれるのよっ！」

「そんなの話と違うだろ！」

すると脚本《きゃくほん》担当の矢島直樹が、

「いや、変えればいいし」

「いいのっ⁉」

「面白そうじゃん」

直樹は大きな身体《からだ》を揺《ゆ》すって笑っている。

「文化祭なんて、ウケたもん勝ちさ」

「そんなミもフタもない……」

「おっ、折原のバカに刺激《しげき》されて、俺様《おれ》もいいアイデアが浮《う》かんだぞ」

直樹は面白がって提案した。

「いっそのこと長谷川が人魚姫やるってのはどうだ？」

女子から拍手《はくしゅ》があがった。

「や、やだよ〜！」

誰《だれ》がどんな配役になろうと、健太がオモチャにされることに変わりはないようだった。

そこへさくら先生がやってきた。

「人魚姫？　いいわねえ」

などと言いながら、黒板に目を走らせると、

『人魚姫　折原のえる』で、視線が止まった。

ひや汗《あせ》が一つこぼれ、やがて二つ三つこぼれ、そのうちにひや汗だらけとなり。

「ダ、ダメ――――っ!!」

顔を真《ま》っ青《さお》にして叫《さけ》んだ。

「お、折原さんは中間テストがあるでしょ！」

「……え、みんなにはないの？」

真面目な顔で驚くのえる。

「そういう意味じゃありません！」

さくらは今朝《けさ》の新聞を見せた。

のえるが太平洋戦争で日本とアメリカが戦ったことを知らないことを報道する記事だ。

総理《のえる》は笑った。

「やーねー。ちょっとボケてみただけじゃない。鈴原《すずはら》がぶらさがって日米安保についてうるさく聞いてくるもんだから、ギャグをかましただけよ」

「それでまんまと罠《わな》にかかったわけだ……」と、呆《あき》れる健太。

鈴原とは、のえるを目の敵《かたき》にしている新聞記者だ。

「あたしだって、日本とアメリカが昔、戦ったことぐらい知ってるわよ」

胸に手をあてて、のえるは健太に言ってみせる。

「本当〜？」

「黒船でしょ」

さくら先生の目から、ざーっ、と涙《なみだ》がこぼれ落ちた。

「せ、先生、どうしたの？」

「お願い！　お願いだから折原さん、今度だけはテストに専念して！」

「だからセンセ。なんでそんなに泣いてるの……？」

ガラッと扉が開き、男があらわれた。

「それは今度の考査で、貴様の社会科が80点以下なら、教師を辞《や》めるという約束を彼女がしたからだよ!」

木佐だった。

のえるを見るなり勝ち誇《ほこ》った表情を浮かべた彼は、教室の中にずかずかと侵入《しんにゅう》してきた。

(アンタ、隣《となり》のクラスの担任じゃん……)(今はホームルームなんだけど……)

という生徒たちの心の声に気づく感性など、彼はまったく持ち合わせていない。

のえるの前に立つと、木佐はひときわ傲慢《ごうまん》さをむきだしにし、自分では一番カッコイイと思っている斜《なな》め30度の角度をつけるや、一枚の誓約書《せいやくしょ》を突《つ》き出すのだった。

たしかにそこには口上通りの約束と、彼女のサインがある。

「うううう」

さくら先生の目から、第二波の滝《たき》の涙が流れ落ちた。

それを見て、生徒たちは思った。

(さくらちゃん、またこんなバカな約束をさせられてるし……)

もっとも木佐にさくらがイジメられるのは、今に始まった話ではない。

一日百回はイヤミを言わないと生きてる気がしないと公言する木佐にとって、ドジでどべでどんくさいさくらは、飛んで火にいる夏の虫、ネギをしょった鴨《かも》、棚《たな》から落ちてきたぼた餅《もち》にも等しい存在だった。

「ちょっと、ウチのさくら先生をいじめるのはやめてくれる？」

のえるは眉《まゆ》を八の字に曲げた。

「人聞きの悪いことを言わないでくれたまえ。そもそもの原因は貴様なのだよ、折原のえる」

「あたしを口実に、さくら先生に意地悪したいだけなんじゃないの〜？」

「なんだとう」

木佐の目が刃《は》のように細められ、輝《かがや》く。

ひっ、とさくら先生は震《ふる》えた。その口からどんなイヤミが飛び出すか、と怯《おび》えたのだ。

しかし、のえるは自分の生徒だ。

守らなければならない。自分のような目に遭《あ》わせるわけにはいかない。

さくらは二人の間に割って入ろうとした。

だが、何をやっても動作の遅《おそ》い彼女は、二人の開戦を止めることができなかった。

「あたしに文句があるなら、あたしに直接言えばいいでしょ」

「モノには程度というものがあるのだ。大人《おとな》には教育責任がある」

さくらの瞳《ひとみ》が、だーっと三次決壊《けっかい》した。

「CNNでも報道されて」

「日本人なら日本のテレビ見なさいよ」

「世界中に我《わ》が校の教育水準の低さが宣伝されたのに」

「世界で一番有名な中学校になれたんじゃな〜い？」

「たった一人の社会科教師のせいで」

「あっはっはー、あたしの成績はまんべんなく悪いわよ」

「我々、教師陣《じん》の責任が問われるんだ！」

「そう、先生たちの教え方が悪い」

のえるはぴしゃりと言い切った。

（少しは反省したほうがいいと思うんだけどなー）と、健太などは思うのだが。

「むむ……」

のえるのあまりにも堂々とした態度に、木佐は敗色を感じたのか、

「ええい誓約書はここにあるのだ。貴様が80点取れなければ、彼女はクビだ！」

捨て台詞《ぜりふ》を残して、二年五組を去っていった。

ぴしゃりとしていたのは、扉を閉める音ぐらいだった。

「て、いうか、誓約書を書かせたりする行為《こうい》がそもそも子供っぽいのよね……」

のえるは肩《かた》をすくめた。完璧《かんぺき》なぐらいに動じていない。

「ごめんなさい折原さん。私のせいで」

「……いや、センセが謝ることでもないと思うけど」

「どうしましょう、折原さん」

さくらはすがるように尋《たず》ねる。

（どっちが先生で、どっちが生徒かわからないな……）と思う生徒たち。

まかせてよ、とのえるは胸を叩《たた》き、

「取ればいいんでしょ、80点。楽勝よ」

不安になったのは健太だった。

「のえる、根拠《こんきょ》のない発言はやめたほうがいいよ。先生のクビがかかってるんだし」

「なによ健ちゃん。疑うならテストしてみる？　この歴史博士《はかせ》ののえるさんを」

胸を張る彼女に、健太は尋ねた。

「じゃ、鎌倉《かまくら》時代に元《げん》（中国）が攻《せ》め込んできたのは、日本のどこ？」

「北海道！」

「のえるは今日から放課後は毎日図書室で勉強、と……」

健太は黒板消しを手に取ると、配役リストにあったのえるの文字を消した。

♣

放課後の教室には、芝居組《しばい》が居残っていた。

場を仕切っているのは、吊《つ》り目でツインテールの大鳥宮乃だ。

「あたしが主役になったからには、みっともない芝居にはしないからねっ！」

のえるの代わりに人魚姫《ひめ》の役を手に入れた宮乃は腰《こし》に手をあてて、宣言した。

できたばかりの台本を手に、美術や衣装の発注を始め、すっかり座長気取りだ。

「しっかし、宮乃も二学期になってからすっかり威張《いば》り出すようになったナー」

矢島直樹がからかうと、宮乃はカッとなり、

「ほっといてよ！」

「いやいや誉《ほ》め言葉、誉め言葉。宮乃が仕切ってくれるから、俺《おれ》は楽だナー、と」

「あら、そう？」

宮乃はころっと機嫌《きげん》をよくして、作業に戻《もど》る。

そして矢島は小声で、

「人魚姫が主役とは限らないんだけど」とつぶやいた。

「やめなよ、そういうイタズラは」

健太がたしなめると、矢島はきひひ、と笑った。

「人間変われば変わるもんだよナ」

「宮乃さんが？」

言われてみればそうだった。一学期の頃《ころ》、宮乃はいわゆるイジメっ子グループに属していて、悪いほうへ幅《はば》を利《き》かせていた。

「その宮乃が弥生《やよい》に物を教えてるんだぜ、すごい光景だろ？」

「確かに……」

宮乃が熱心に演技指導をしている。その姿を見て健太もしみじみとうなずいた。

彼女の話を真剣《しんけん》に聞いている**弥生ほのか**は、彼女にイジメられていた女子の一人だということを、健太は知っていたからだ。

そんな二人が熱心に一つのことにうちこんでいる。

（確かに、すごい光景だ……）

健太は感動を覚えていた。

が、
宮乃はいきなり声をはりあげると、持っていた台本ですぱーん、とほのかの頭を叩いた。

「ノロか！　同じところ間違《まちが》うんじゃないよ!!」

ノロか、というのは『ノロいほのか』の略である。

「ご、ごめんなさい〜」

（あんまり変わってない気もする……）

考え直す健太だった。

すると、隣《となり》にいた矢島が背中を押《お》した。

「ほら、なにやってんだよ長谷川、励ましに行けよ」

「え、な、何を？」

「弥生だよ。誰《だれ》のために、王子と結ばれるお姫様の役を弥生にふったと思ってんだ？」

きょとんとした顔をする健太に、矢島は肩をすくめると、

「え……」

健太の顔は凍《こお》りつき、すぐにみるみる真《ま》っ赤《か》になる。

「ち、ちがうよ！」

健太は慌てた。

「そりゃ気にならないといえば嘘だけど、別にだからって好きっていうわけじゃ」

と、しどろもどろの言い訳を始める。

矢島は呆《あき》れたように息を吐《は》いた。

「俺を誰だと思ってんだァ？　長谷川健太の大親友、矢島直樹様だぜ」

そう言って、健太を押し出した。

宮乃は別の作業に首をつっこみにいって、ほのかはちょうど一人で台本を読み始めていたところだった。

そこへ、おっとっと、とたたらを踏《ふ》んで健太が飛び出した。

足音に気づいた彼女は視線を上げ、
健太の目の前に、ほのかの顔が飛びこんでしまった。

息がかかるぐらいの距離《きょり》でほのかを見てしまった健太はたちまち後ずさる。

「どうしたの？　長谷川くん」

彼女は気づいていないようだ。春ののどかさを絵に描いたような穏《おだ》やかな顔をほのかはにっこりとはずませた。

「あ、いや、さっき叱《しか》られてたみたいだから」

「わたし、物覚え悪くって……」

「叩《たた》くことないのにさ」

「長谷川くん。心配してくれてるんだ」

健太は困った。昔のことがあるから心配しているのは確かにそうだが、面と向かってそれを口にするのはデリカシーのない行為《こうい》のように思えたからだ。

「そういうわけじゃなくて……」と、口を濁《にご》す。

「ううん、大丈夫《だいじょうぶ》。宮乃さんだって悪気があってしてるわけじゃないし」

「そうかなあ？」

健太は教室の隅《すみ》で声を張り上げている宮乃を見た。また別の女子を叱っている。

「それに、この役は頑張《がんば》りたいし」

「え？」

「ううん、なんでもない」

ほのかは恥《は》ずかしそうに首を振《ふ》ると、丸めた台本を握《にぎ》りしめて、こう言った。

「絶対、いいものにしようね！」

「う、うん」

健太はほのかの気迫《きはく》におされるようにうなずいた。

おとなしいと思っていた彼女の思わぬガッツに、びっくりしたのだ。

そこへ。

「お似合いじゃない。お二人さん」

二人の間に突然《とつぜん》にゅっと顔が飛び出した。

「お、折原さん！」「のえる！」

「はろー」

二人の肩《かた》をつかもうとしたのえるの腕《うで》をふりほどいて、健太はびしっと指さした。

「キミは自習だろ！　ちゃんと勉強しなよ！」

見学よ、見学、と言いながら、のえるは泣き言をもらす。

「だって図書室で一人黙々《もくもく》勉強なんて寂《さび》しいんだもん〜っ」

「勉強は一人で黙々やるもんだと思うけど……」

「だって、あたし一人だけ勉強してる間に、みんなが楽しいコトしてるなんて釣り合い取れてないと思わない？」

「普段《ふだん》キミが遊んでる間に、みんなは勉強してるんだからバランスは取れてるよ……」

「むー」

のえるはふくれた。

よほど一人で勉強がお気に召《め》さないらしい。

もー、と健太は肩をすくめ、

「こっちが終わったら勉強付き合ってあげるからさ、のえるは試験勉強頑張りなよ。さくら先生のためにもさ」

「あらま、健ちゃん、優しいじゃない。大人《おとな》みたい」

「冷やかすなよ」

のえるはムフフと笑うと、こっそり健太の耳に顔を近づけ、

「弥生ちゃんの前では格好付けたいお年頃《としごろ》なのかなあ〜?」と、ささやいた。

「ど、どういう意味だよっ!?」

「赤くなってる、赤くなってる。あやしーなー、あやしーなー」

「なってないよ!」

「なってるなってる」

そのうちホントに健太の顔は赤くなる。

「ほら、健ちゃんのほうが熱い」

ぴとん、と額がくっついて。

「え……」

ひんやりとしたのえるのおでこの熱が伝わってきた。

目の前に、まさに目の前に、のえるの顔が迫《せま》っていた。

もう焦点《しょうてん》が合わないぐらいの近さで、つぶらな瞳《ひとみ》も、すっきりと通った鼻筋も、ぼんやりとしか見えない。その中で、

「赤くなってるってわかった？」

赤い唇《くちびる》が動いた。

キスができそうなほどに。

そう思った瞬間《しゅんかん》、

「うあっ！」

悲鳴を上げて健太は飛び退《の》いた。その驚《おどろ》きぶりにのえるも驚く。

「どうしたの？　健ちゃん」

「な、なんでもないよ！」

健太は真っ赤な顔のまま教室を飛び出してしまうのだった。

♣

「キスすりゃよかったのに」

ぼそっと、低い声が聞こえた。

トイレで顔を洗っていた健太は、閉めようとした蛇口《じゃぐち》を逆にひねってしまい、袖《そで》やシャツまで濡《ぬ》らしてしまった。

「図星だナ」

鏡に、ニヤリと笑う矢島直樹の顔が見える。

う……、と健太の顔が歪《ゆが》んだ。

「図星って、何がだよ」

「言って欲《ほ》しいのか？」

直樹は襟《えり》につけた小指の先ほどの大きさもない物体を見せた。

「……ちなみにこのピンマイクは放送室とつながっているんだが」

「いっ、言わなくていいよっ！」

健太はまた真っ赤になって、手を振《ふ》った。

すると直樹は吹《ふ》き出して、

「冗談《じょうだん》だよ、冗談。そんな細工できるわけナイだろ。シャーペンのキャップだよ。ほら」

ポケットから取り出したシャーペンを、手で隠《かく》したまま襟に挟《はさ》む動作をやってのけた。

騙《だま》されたことに気づく健太。直樹はひーひーと腹を抱《かか》えて笑いだすのだった。

「まったく長谷川は面白《おもしろ》いよナア」

「僕《ぼく》は面白くないんだけど……」

と、頬《ほお》を膨《ふく》らませる健太を無視し、直樹はモップでドアノブにかんぬきをかけると、健太の首に腕《うで》を回した。

「さ、これで誰《だれ》にも聞かれないぜ。親友である俺《おれ》にはホントのことが言えるよな？」

甘《あま》い声を出す。

そのくせ、同時に首を絞《し》めているあたりが矢島直樹という人間だ。

「な、なにが親友だよ。人を騙したりしておいて……」

「騙してなんかないサ」

「ほんと？」

「からかってるだけ」

「…………………」

「でもお前は言う。絶対に言う。俺だけには言う」

ちょん、と人差し指を健太の額につきつける。

直樹は自信満々だ。それが健太には気に入らない。

「イヤだって言ったら？」

「代わりに俺がでっちあげた話を学校中にばらまく」

「うああ、それだけはやめて〜っ！」

健太は降伏《こうふく》した。

「素直《すなお》でヨロシイ」

勝ち誇《ほこ》る直樹に、健太はありのままを話すことにした。

夏の終わりに起こった、白峰大臣のスキャンダル辞任の裏で起こった事件のこと。

自分は人質に取られ、あやうく殺されるところだったこと。

のえるに助けられたこと。

それがきっかけなのか、元々その気があったものを自覚しただけだったのか、それ以来なにかというとのえるのコトが気になってしまうのだ。

直樹は言った。

「惚《ほ》れたな」

「えぇーっ！」

健太は声が裏返るほど驚いた。

というか露骨《ろこつ》に嫌《いや》な顔をした。

「照れるなよ」

「照れてないよ！　矢島だって知ってるだろ、のえるが普段《ふだん》、僕にどんな仕打ちをしているか。なんでそんなのえるを好きになったりするのさ！」

「SMって知ってるか？　世の中には、ハイヒールで踏《ふ》みつけられたり、ムチでびしばしばかれないと興奮できない大人《おとな》がいるんだゼ」

「ぼ、僕は違《ちが》うよっ！」

「いや、同じだな。お前は折原にしばかれているうちにクセになったんだ。やみつきになったんだ。折原に虐《いじ》められないと興奮できない身体《からだ》になってしまったんだ」

「ち、ちがう……」

「お前さ、折原が自分だけに無体なことをするのは、それだけ自分が信用されてるからだって考えたことはナイか？」

「えっ」

図星だったらしい。健太は胸を押《お》さえた。

「な、ないよ……」

目をそらす。

（ここまでウソのつけないヤツも珍《めずら》しいな……）

直樹はしみじみ思った。

「じゃ、俺の勘違《かんちが》いってことで。この話はオシマイ」

「最後まで話してよっ！」

「あのな、長谷川。人間には甘えたいし甘えられたいって本能があるんだ。どっちが強くなるかは人それぞれだが、折原は他人にはしない無茶《むちゃ》をお前にはする。するとお前は折原が自分にだけは甘えてくれてると錯覚《さっかく》して、それが気持ちよくなってしまっているんだ」

「そ……そうなの？」

「じゃあ、折原がしおらしい女になった姿を想像してみろよ」

想像した。

「う……気持ち悪い」

「だろ？　確かに折原は美人だ。スタイルもいい。その上、性格までよくなったら、普通《ふつう》は最高だよな？　俺だったら光速で落としに行くね。しかし、お前はそんな折原を見ていられない。どうだ？　俺とお前、どっちがおかしい？　どっちが変だ？」

「う、うう……」

「将来、お前がとびきりかわいい子に好かれたりしてだな。弥生とか」

「からかうなよっ」

「ハハハ、誰《だれ》でもいいや。その子はデートの時にお弁当を作ってきたり、お前が風邪《かぜ》を引いたと知ったら看病に来てくれるような優しい女の子なんだよ。でもお前はそんなことをされると背筋がむずがゆくなるんだ。ひどい目に遭《あ》わないと愛情を感じることができないからな。だから、そういう子とはうまくいかない。そんなお前とウマが合うのは、お前のことをオモチャか奴隷《どれい》のようにこきつかうロクでもない女だけだ。テレビとかに出てくるだろ、家族からゴミのように扱《あつか》われている亭主《ていしゅ》がさ。あーあ、お前は確実そうなるナ。ご愁傷様《しゅうしょうさま》」

「そんなのイヤだ〜っ！」

真《ま》っ青《さお》になる健太を見て、直樹は笑っている。

「じゃ、ふっちまえよ。手遅《ておく》れになる前に」

「ふるって、誰を」

「折原に決まってるだろ」

「好かれてもないのに、どうやってふるんだよ〜っ！」

「そういえばそうだな」

「や〜じ〜ま〜っ！」

ばんばん、と健太の背中を叩《たた》くと、矢島は豪快《ごうかい》に笑った。

「よかったじゃないか。お前がいくら折原に惚れてても、折原にその気がなけりゃ、お前はただの友達だ。そのうち折原がいい男を見つけたら、お前はお払《はら》い箱《ばこ》、晴れて自由の身ってわけだ。メデタシメデタシ」
「そ、そうだね」
健太は笑った。笑ってその場をごまかしたのだ。
（そうだけど……）
直樹が去ったあと、思うのだ。
（僕《ぼく》は、どっちなんだろう……？）
のえるが軽々しく口にする、好きだの惚れてるだのという言葉が、
本当であってほしいのか。
まったくの冗談《じょうだん》であってほしいのか。
自分でもよくわからなかった。

♣

秋の夕方は終わるのが早い。窓の外はもう太陽が沈《しず》もうとしている。

そんな図書室の扉《とびら》を健太は静かに開いた。

「ええっ!?」

健太は目を疑《うたが》った。

そこには驚《おどろ》くべき光景があった。

なんと、のえるが一心不乱に本に目を走らせているではないか。

健太は感動した。

(みんなの前ではバカなコト言ってたけど、今回ばかりは、のえるもさすがに勉強する気になってるんだ……)

でも、のえるはくすくす笑っていたり。

(あやしい……)

健太はつかつかと近寄ると、のえるが教科書の下に伏《ふ》せていた本を取り上げた。

「あんっ」

「やっぱり……」

健太はがっくりした。

てんとう虫コミックスだったからだ。

「ドラえもん……。中学生にもなって……」

「なによ、情けなさそうな顔して。これでも立派な歴史の勉強してるんだから!」

「……どこらへんが?」

のえるは真面目《まじめ》な顔で言い出した。

「健ちゃん知ってた？　数万年前に、大陸から渡《わた》ってきた日本人の先祖を救ったのはドラちゃんたちなのよ」

「…………」

なんとかに付ける薬はないと言うが。

「君に期待した僕が馬鹿《ばか》だったよ」

健太はがっくりと肩《かた》を落とすと、のえるに背を向け、すごすごと図書室を後にしようとした。

「ああん健ちゃん行かないで！　冗談だってば！　ちゃんとほら教科書も開いてるし、ね、ね。ひとりですっごく退屈だったんだから〜〜」

「ホントに勉強してたのー？」

あからさまに疑いのまなざしを向ける。

「してたわよー。質問カモン」

「江戸幕府《えどばくふ》ができたのは？」

「江戸時代」

健太は教科書をぱたりと閉じて、図書室を後にしようとした。

「ああん健ちゃん。冗談だってば！　わかんないからごまかしただけ、ね、ね」

「こんな簡単な問題わかんなくて、どうやって80点以上取るのさ！」

「でもさー健ちゃん。暗記教育ってよくないと思わない？」

「話をすり替《か》えようったってダメだよ」

「だいたい江戸幕府が出来たのが1603年って、暗記しなくちゃいけないほど重要なことなの？　1年や2年ズレたって歴史の大きな流れは変わんないんじゃないの？　豊臣家《とよとみ》だって関《せき》ヶ原《はら》で滅亡《めつぼう》を免《まぬか》れたけど、大坂夏の陣《じん》で滅《ほろ》ぼされたし、源義経《みなもとのよしつね》だって勧進帳《かんじんちょう》で生き残ったけど、結局弁慶《べんけい》が仁王立《におうだ》ちしても殺されちゃったでしょ。大事なのは豊臣家は15年頑張《がんば》って、義経は4年逃《に》げ延びたってことじゃなくて、なぜ彼らは滅ぼされたのかという因果を知ることなんじゃないの？」

「のえるがマトモなこと、言ってる……」

健太はあっけにとられた。

ちょっと尊敬のまなざしでのえるを見たりもする。

「そうよ、見直した？　あたしはいつだってまともなんだから」

腰《こし》に手をやり胸を反り返らせたのえるは、いよいよ鼻息荒《あら》く、言葉を続けた。

「だいたい何年になにがあったってさあ、**見てきたの？**

見た人なんか誰《だれ》も生きちゃいないんだから、確かめようがないじゃない。だから2、3年ぐらいズレてたって、平気、平然、へのカッパなのよ」

健太は机に突《つ》っ伏《ぷ》した。

「どしたの健ちゃん」

「……あ、いや。のえるはやっぱりのえるだなぁ、と思って」

遠い目をした。

「それって誉《ほ》めてるの？」

「誉めてる誉めてる」

なげやりに。

（時間を無駄《むだ》にしただけだったな）、と思う健太だ。

いっぽう、のえるは何をひらめいたのか、ずんずんと妄想《もうそう》を進め出していた。

「そーよねえ。どうせ誰も見てないんだから、ちょっとぐらいいじったって問題ナイわよねえ〜。将軍の名前、覚えるの面倒《めんどう》だし、全部徳川家康《とくがわいえやす》とかだったら楽なのになー」

「のえる……いま、何考えてる？」

「楽でしょ？　みんな徳川家康ってことになったら」

あっけらかんと。

「そりゃ楽だけど、そんなことしていいわけないだろ〜っ」

「ところがいいのよ」

のえるは鼻高々に、教科書には検定制度というものがあることを教えた。

日本ではどの出版社でも自由に教科書を作ることができる。

角川書店だって作れる。というか実際作っている。

ただし、社会科に限らず、すべての教科書は文部科学省の検定を受けなければならない。

その検定に合格した教科書だけが、実際に使うことができるわけだ。

そして文部科学大臣に命令できるのは、内閣総理大臣ただ一人。

つまり、

「将軍の名前は全部徳川家康にしなさい、と一言、あたしが検定しちゃえば、あ〜ら不思議、全部の歴史教科書の記述がそうなってしまうわけよ〜」

「あ〜ら不思議、じゃないよ〜っ！」

「フフフ、あたしは歴史を変える女」

「も〜っ、真面目《まじめ》にやろうって気はないの〜っ⁉」

「やる気？　あるわよ」

と、教科書を広げる。

しかし、すぐに瞼《まぶた》が落ち始め、

「けど……教科書を読んでるとすぐに眠《ねむ》くなるのよねえ……」

「それと戦うのも試験勉強だろ」

「あれね、教科書からは催眠《さいみん》電波とか、寝《ね》ろっていうサブリミナルメッセージが出てるに違《ちが》いないわ」

などと言うと、

「科学分析《ぶんせき》させなくちゃ」

と、電話する。

「もしもし、文部科学大臣？　あのね……」

すぐに白衣を着た大人《おとな》たちが現れて、教科書を持っていってしまった。

「ふー、これでよし」

「結局、勉強しないのか……」

責めるような健太のまなざしを浴び、のえるは身もだえした。

「勉強イヤ！　イヤ！　勉強するぐらいなら死ぬ！」

「はいはい、死ぬ死ぬ」と、相手にしないでいると、

「そうね、せめて最後は愛する人の腕《うで》の中で……」

と、健太の胸元にしなだれかかる。

「わーっ！」と、健太は赤面しながら避《さ》けて、
あははははは、とのえるは笑った。

「退屈《たいくつ》しのぎができたから勉強しよーっと」

(結局、退屈しのぎなんだよなあ……)

そう思うと、健太は胸の奥《おく》に密《ひそ》かな痛みを覚えた。

どうしてと思った。

わからなかった。

「健ちゃんはいいかげん、あたしに慣れたほうがいいと思う……」

「僕《ぼく》が悪いの？　僕が悪いのっ⁉」

健太は頭を抱《かか》えた。

「つまり健ちゃんの味方は、あたし一人ってことよ」

「えっ？　えっ？　なんでそうなるの？？？」

「さしずめあたしはドラえもん？　健ちゃんを助けるために22世紀の未来からやってきた、猫型《ねこがた》ロボットってところかしら」

どんなことでもドラえもんに結びつけたがる子である。

「大抵《たいてい》のひみつ道具で、のび太がひどい目に遭《あ》うという意味ではそうだね……」

はぁ…と、ため息をつく健太だった。

「と、いうわけで、もしも電話〜♪」

と、ひみつ道具を出すようにある物を取り出した。

「ただの携帯《けいたい》じゃん」

「それが違うんだなあ、のび太くん」

「誰《だれ》がのび太くんだ」

「一見ただの携帯電話のように見えるコレ、ある電話番号を押《お》して、願い事を言うだけでなんでもホントになっちゃうひみつ道具なのよ」

「って、もしかして……」

「そう、さっきの続き。教科書を簡単にしちゃえば、テストも楽勝よ！」

速攻《そっこう》、健太は携帯を取り上げた。

ぷちっ。

魔法《まほう》の電話番号をキャンセルする。

「ああ、日本中のよい子から拍手喝采《はくしゅかっさい》を受けるはずの電話が……」

「よい子はそんなこと望まない」

「あたしは初心者向きの歴史があってもいいと思うな。だいたい昔の人の名前は覚えにくい。家康だとか家光《いえみつ》だとか家綱《いえつな》だとかさ、紛《まぎ》らわしいじゃない？　姑《しゅうとめ》の嫁《よめ》いびりじゃあるまいし、たった漢字一文字間違《まちが》えたぐらいで減点されたら、好きになれるものも好きになれないと思うなー」

「のえるって、言うことだけはいつももっともらしいんだよね……」

「ヨーロッパみたいに、家康一世、二世、三世ってすればいいのよ。そうすればテストが超《ちょう》ラク」

「そりゃ楽だけどさぁ……」

「ご先祖さまだって、自分たちのせいで子孫が苦しんでると知ったら、これぐらい許してくれると思うんだけどな～」

論より証拠《しょうこ》、と、のえるは赤ペンで、健太から借りた教科書に書き込みを始めた。

「覚えやすいとかそういう問題じゃなくてさあ……」

「っていうか、この際、江戸《えど》時代の歴史は見直そう」

「はぁ？」

「江戸時代ってゲームバランス悪いと思わない？」

「ゲームバランスって……」

「他《ほか》の時代だとさ、たとえば室町時代は幕府の力が弱かったから、朝廷《ちょうてい》が南北に分裂《ぶんれつ》したり、全国の守護大名のケンカを止められなかったりするじゃない。ところが江戸時代は徳川幕府の力が強すぎるから、たいしたイベントが起こらないのよね」

「平和だった証拠じゃないか」

「260年も幕府の財政が悪化した、改革した。悪化した、改革した。なんて退屈《たいくつ》な繰《く》り返しを覚えさせられる立場に立ちなさいよ。そうよ！　歴史嫌《ぎら》いになる子の50％は江戸時代のせいね」

「いや、だから、そういう問題じゃなくて……」

「まず豊臣家は滅《ほろ》びないことにしましょ」

「ええっ！」

「これで日本は東西に分かれて、延々と戦乱が続くわ」

「させてどーすんだよ！」

「いいじゃない。どうせでっちあげなんだから。実際に人は死んでないんだし」

「いや……だから、それは歴史って言えるの？」

のえるは教科書のページをめくりながら、

「島原《しまばら》の乱か……。江戸時代最大の内乱を鎮圧《ちんあつ》したのは、家光みたいなマイナー将軍ってのもイマイチよねえ〜」

「……人の話、聞きなよ」

ぽん、とのえるは手を叩《たた》き。

「そうだわ、家康が江戸幕府滅亡《めつぼう》まで生きてたことにすればいいのよ」

「なにがいいんだ!?」

「天草四郎《あまくさしろう》vs徳川家康、ラストは燃えさかる島原城天守閣で一騎《いっき》打ち、と」

のえるは嬉々《きき》として教科書に書き込みを加えている。

（もはや落書きだな……）

と、思う健太を後目《しりめ》に、のえるはだんだんと楽しくなってきたらしく、筆のすべりもなめらかになっていった。

「次は暴れん坊《ぼう》将軍、徳川吉宗《よしむね》か……」

「それは作り話だろ」

「……よく考えてみたら暴れん坊将軍って、部下のこと全然信用してないのよね」

「してないのよねって。そんな本気で尋《たず》ねられても……」

「旗本の三男坊って身分詐称《さしょう》をした挙げ句に、町奉行《まちぶぎょう》に内緒《ないしょ》で捜査《そうさ》を始めたり、勝手に事件を解決しちゃうんだから、奉行の面子《メンツ》は丸つぶれよ。あたしなら、やる気なくすわね。わかった！　だから江戸時代って毎週のように官僚《かんりょう》が腐敗《ふはい》したのよ！」

「だからそれはテレビの話だろ！」

「いや、これは結構当たってると思うな。徳川吉宗って名君のように言われてるけど、実際は米相場は全然安定しなかったし、享保《きょうほう》の改革とかで暮らしをしめつけられて、庶民《しょみん》は大変だったって教科書にも書いてあるじゃない。そりゃそうよ、将軍が町奉行みたいな事件にうつつをぬかして、天下の仕事をおろそかにしてたんだから、景気も悪くなるはずよ」

「いや……だから……、お話と現実をごっちゃにするのは……」

のえるは全然聞く耳を持たず、執筆《しっぴつ》を続ける。

「遠山金四郎《とうやまきんしろう》や大岡越前《おおおかえちぜん》などの名奉行も登場、庶民の暮らしを食い物にする官僚を次々と摘発《てきはつ》、そのうち武士は全員牢獄《ろうごく》送りとなって、江戸幕府は滅びてしまいました、と」

物語の完結に、のえるは感動した。

「できた……、新しい江戸時代の歴史が……」

「新しすぎだよ！」

「『面白《おもしろ》い歴史教科書』ってタイトルはどうかしら？」

「面白くしてどーするのさ！」

「ちなみに年表はコレよ」

1600年　関ヶ原の戦
1603年　徳川家康、江戸幕府を開く
1605年　江戸幕府を閉める
1606年　また開く
1610年　24時間営業にする
1635年　家康、鎖国《さこく》を命じる。そのくせ自分は『ひとつながりの財宝』を求めて、海賊《かいぞく》船に乗り、グランドラインを目指して旅立つ
1639年　家康、グランドラインから帰還《きかん》し、一言。「ひとつながりの財宝とは、冒《ぼう》険《けん》という名の思い出だった」と
1658年　今度はドラゴンボールを探しに
0079年　ジオン公国と戦争になる（一年戦争）

0080年　ニュータイプ生まれる
0081年　ニュータイプ死ぬ
1685年　生類憐《あわ》れみの令、シシ神さまを傷つけた村人たちは全員死刑《しけい》
1716年　暴れん坊将軍吉宗、暴れる
1748年　甘《あま》えん坊将軍家重、甘える
1825年　家康、巨大化《きょだい》する
1853年　黒船やってくる。巨大家康が叩き折る
1868年　明治維新《めいじいしん》。江戸《えど》幕府滅《ほろ》びる
1869年　まだ家康生きてる
2001年　まだ生きてる。あなたの後ろにいる家康は本当の家康かもしれない……

「さっき言ってたことと内容全然違《ちが》うじゃないか……」

呆《あき》れる健太のそばで、のえるは自分で作った年表のあまりのくだらなさにバカ笑いを止めることができずにいた。

「ひゃっひゃっひゃっひゃ」

「もーっ、マジメにやる気がないんだったら、先に帰るよっ！」

するとのえるは、この期《ご》に及《およ》んで素に戻《もど》り、

「電話一本で、歴史がこんなふうに変えられるのかと思うと、けっこう怖《こわ》いよね……」

「怖すぎるよ！」

「こうして健ちゃんは歴史の恐《おそ》ろしさを知ったのでした。めでたしめでたし」

「僕《ぼく》が知ったのは、キミの恐ろしさだけどね……」

「まあまあ、歴史なんてそもそもウソがいっぱいなのよ。卑弥呼《ひみこ》が治めたっていう邪馬台《やまたい》国《こく》にしたって、実際にあったって証拠《しょうこ》はまだ見つかってなくて、中国の歴史書にちょこっと書いてあるだけなのよ。もしその作者があたしみたいな子だったら、どうする？」

健太はきっぱりと断言した。

「ない。それはない。絶対にない」

ちなみに邪馬台国についての記述があるのは、あの『三国志』である。

魏《ぎ》、蜀《しょく》、呉《ご》の三国の歴史だから『三国志』。

その国の一つ、曹操《そうそう》が治めた魏の国についての歴史『魏志』の中にある、外国との関係について述べた書の日本（倭《やまと》）について書かれている部分、それが『魏志倭人伝《わじんでん》』と呼ばれているものだ。

ものなのだが……。

実は、魏志倭人伝の作者は日本を訪れていない。

そのため、昔、日本に行ったことのある人から聞いた話を作者は記したのではないかと後世の歴史家が決めている。

その程度の話だから、記述はかなりいいかげんだ。話の通りに計算をすると、なんと邪馬台国は太平洋の海底に存在していたことになるのだ。

それもそのはず、その昔、日本を訪れたという使者は、九州のはじっこにちょこっと寄って帰っただけで、日本を旅したわけではないという。

当然、邪馬台国を訪れてもいない。

そんな人の話が、魏志倭人伝として現代まで伝えられている。

そもそも使っているコンパスがいい加減なのだ。日本中を掘《ほ》り返しても邪馬台国が見つからないのも無理もない話で歴史の旅人たちは１８００年経《た》った今になっても、邪馬台国にたどりつけずにいる。

それでも教科書には載《の》っている。

イタリアの商人マルコ・ポーロが、中国を訪れた時に聞いた噂話《うわさばなし》をもとに記した黄金の国ジパング並みの信用性だと思ってもらえばいいだろうか。

彼も、教科書には載っている。

魏志倭人伝にしろ、東方見聞録にしろ、けっこう適当な代物《しろもの》なのだ……。

それはさておき、

「邪馬台国もアリなんだったら、ムー大陸もアリよねえ……」

「だからなんでそーなるのさっ！」

そこへ、

「あら、長谷川くん。勉強を見てあげてるの？」

さくら先生が陣中見舞《じんちゅうみま》いにやってきた。

……というか、のえるがキチンと勉強しているのか不安だったのだろう。

のえるの勉強姿を見たさくらはホッと胸をなでおろして喜んだ。

「わからないことがあったら先生になんでも聞いてね」

そしてのえるのもっている教科書を見やって……、
泣いた。

「セ、センセが感動してる……！」

「悲しんでるんだよ！」

涙色《なみだいろ》に顔を染めたさくらは、ゆらりと背を向け、とぼとぼと足を引きずるように図書室を後にしはじめた。

「せ、先生、岡山に帰る準備をしなくちゃ……」

「さくらセンセ、冗談《じょうだん》だってば！　センセだって教科書に落書きしたことあるでしょ！　ね？　ね！」

そこへ、

「あーっはっはっは！」

子供じみた笑い声と共に、一人の教師が現れた。

「この勝負、ボクの勝ちのようですな」

颯爽《さっそう》と現れた（と、自分では思っている）木佐は斜《なな》め30度のポーズを取る。

「なに言ってんの？　試験まであと一週間もあるのよ」

「ほう、そこまで言うのなら、80点は軽いか？」

「100点だって軽いくらいよ」

「いいのか？　そんな口を叩《たた》いて。誓約書《せいやくしょ》を書き換《か》えたっていいんだよ」

「どーぞどーぞ」

木佐は誓約書を修正した。

「いや～～～～～～～～っ！」

女性教師が悲鳴をあげた。

「おっと、社会科のテストを作るのは桃園クンだったな。小学生向けの問題を出して、100点を取らせてしまえば簡単か」

「私、そんなことしません！」

「だったら、今度のテストはボクが作ってもかまいませんね」

「ど、どうぞ！」

ほくそ笑《え》む、木佐。

「あーっ！」

のえるは気づいた。

「わかった！　大学入試の問題とかめちゃくちゃ難しい問題出すつもりなんでしょ！」

「え〰〰〰〰〰〰っ！」

さくら先生、また涙。

「大正解だよ折原のえる。貴様がどんなに勉強しようと得点できないような問題を作ってやる、ふふふふふ」

「それが教師のすること!?」

「ふっ、もはやこれは教師と生徒の壁《かべ》を越《こ》えた『勝負』！　だいたいボクは貴様みたいな大人《おとな》の言うことを聞かないガキが好かんのだ。つうか、貴様も転校しろ。目障《めざわ》りだ」

「それが本音か」

「言っておくが折原。今後ボクが辞職するようなことがあったら、貴様が上から圧力をかけたものと断定してホームページで告発するからな！　教師生命をかけてボクは戦う！」

「あたしはこれまでの先生の行為《こうい》は充分《じゅうぶん》、辞職に値すると思うケド……」

「なんとでも言いたまえ」

あーっはっはっはっは、と高笑いを残して木佐は去っていった。

「……のえる、どうするの？」

さすがの健太も心配した。

「どうするも何も、挑戦状《ちょうせん》を叩きつけられて逃《に》げるあたしじゃないわよ」

「のえるお得意の国家権力は使えないんだよ」

「そうよ。私のために折原さんが総理大臣辞めるなんてことになったら……」

先生はまた泣いてる。

「心配しないで、さくらセンセ。あたしだってちゃーんと脳みそはあるんだから、ちゃんとココで勝負するわよ」

のえるは100％のスマイルを見せると、自分の頭を指さしてみせた。

「でも、試験まであと1週間しかないんだよ。間に合う？」

「簡単簡単、1週間もあれば楽勝よ♪」

のえるは言い切った。

あまりにも余裕綽々《よゆうしゃくしゃく》な態度に、健太はものすごーくイヤな予感がするのだった。

♣

そして中間試験3日目。

「こ、これは……っ！」

社会科の問題用紙を見て、健太は言葉を失った。

おそらく呆然《ぼうぜん》としているのは健太だけではないだろう。

試験官として二年五組に来ていた木佐は、生徒たちの反応を見て満足げにうなずいた。

フッ、と笑った唇《くちびる》が、不敵に歪《ゆが》む。

(木佐先生のことだから何かするだろうと思ってたけど……)

健太は、ただただ問題用紙を見つめた。

のえるに満点を取らせないために、木佐は意地悪をしてくるだろうとは予感していたが、
まさか、

社会のテストに数学の問題を出してくるとは。

問1　徳川家康が幕府を開いたのは1603年。では次の式を因数分解せよ（5点）

（x＋1）（x＋2）（x＋3）（x＋4）－24＝□

健太は思わず立ち上がった。

「先生！　社会科のテストじゃないじゃないですか！」

「当然だろ。ボクは数学教師だからな」

「そういう問題じゃないような……」

「公正を期すためにボクが作ることにしたのだよ。桃園クンは故意に易しい問題を出す危険性があったからな」

「先生は故意に難しい問題を出してるじゃないですかーっ！」

木佐は無視して、

「解答時間は50分だぞー。さぁ、始めた始めた」

問2　豊臣秀吉《ひでよし》が親しい大名を集めて鍋《なべ》をつくことにした。大きい囲炉裏《いろり》には四つの席、小さな囲炉裏には三つの席がある。徳川家康、前田利家《まえだとしいえ》、宇喜多秀家《うきたひでいえ》、上杉景勝《うえすぎかげかつ》、毛利《もうり》輝元《てるもと》と自分の六人が席につく時、豊臣秀吉と徳川家康が同じ囲炉裏につく座り方は何通りあるか（5点）

「どうだ、ちゃんと歴史になってるだろ？　先生、いろいろ考えたんだぞ」

「な、なってるのかな……？」

「それに、ちゃんと数学の勉強をしていれば解ける問題だ。１００点取れるどころか、２００点も取れる」

「やっぱり社会のテストじゃないんじゃないですか〜〜〜〜〜！」

問3　織田信長《おだのぶなが》が、ポルトガル人宣教師の出してきた数式に頭を悩《なや》ませている。キミが代わりに定積分してあげよう（90点）

$\int_0^3 x|x-d\,x=\square$

「こんなの授業で習ってないですよーっ！」

「そりゃ大学入試の問題だからな」

平然とつぶやく木佐。何の恥《は》じらいもない。

「ちなみに解けたら東大にだって合格できるぞ」

「しかも90点って……」

木佐はニヤリと陰湿《いんしつ》な笑みを浮《う》かべ、

「難しい問題に高得点付けるのは普通《ふつう》だろう？」

(さくらちゃん追い出すために、そこまでするかよ……)

子供たちは、みんな呆《あき》れ果てていた。

「どうだ折原。貴様の小学生レベルの頭で満点が取れるもの……ん？」

木佐はやっと、先ほどからのえるが一言も文句をつけず、一心不乱に問題に取り組んでいることに気づいた。

しかし、驚《おどろ》かない。

「はじめからそのつもりだったか、折原」

不敵に笑んだ木佐はズカズカとのえるの席に近づくと、今日に限っては降ろしていた彼女の髪《かみ》を乱暴につかみあげた。

「そんな小細工で、イヤホンを隠《かく》そうとしても無駄《むだ》だ！」

「なにが小細工ですって？」

のえるは不敵な笑《え》みを浮かべた。

「な、ない……」

のえるの耳に何もないことに木佐は驚いた。

しかもだ。

彼女の答案用紙には、すでにもう数式がすらすらと書き連ねてあったのだ。

「ど、どういうことだ貴様!?」

「あらま、先生ともあろう人がテストに真面目《まじめ》に取り組む生徒に文句をつけるの？」

「どこが真面目だ！　カンニングしておいて」

「決めつけるんだ」

「当たり前だ！」

すると木佐は、懐《ふところ》から一枚の答案用紙を取り出した。

「そ、それは……！」

生徒たちが息を呑《の》んで見つめたそれは、

0点の答案だった。

「折原！　貴様の数学能力がゼロということは、初日の数学で証明済みだ！　それがなんで、大学入試の問題に解答できるというのだ⁉」

「なぜかしら？」

のえるはおどけるように笑った。

「机の中か！　いやカバンか！」

木佐は試験時間中であるにもかかわらず、のえるの席を奪《うば》いとり、机やカバンを徹底的《てってい》に調べ上げた。

「気が済んだ？」ニヤニヤとのえる。

「わかった！　貴様、窓の外と連絡《れんらく》を取り合っているのだな！」

木佐は慌《あわ》てて、カーテンを閉め切った。

「どうだ！　これで貴様の連絡手段はすべて封《ふう》じた。満点を取れるものなら取ってみろ！」

うわは、うわは、うわはははは、と大笑い。

しかし。

のえるは残りの問題に対してもすらすらとペンを走らせたのだ。

「なんだとーっ⁉」

木佐は目をむいた。

「き、貴様〜！　カンニングをしてるだろう！　絶対！　絶対に！」

「まあ、してないとは言わないけど」

「言え！　どうやって問題を解いている！」

「さあ、どうしてでしょう？」

のえるはニンマリと笑みを浮かべた。

「教えろ〜っ！」

「ちなみにこれは一問100点の問題です」

「貴様、教師を愚弄《ぐろう》するか！」

地団駄《じだんだ》を踏《ふ》む木佐をしり目に、のえるは最後の解答を仕上げてしまうのだった。

♣

翌日、答案の返却日《へんきゃくび》。

そこには勝者と敗者がいた。

満面の笑みを浮《う》かべた者と、屈辱《くつじょく》に打ち震《ふる》える者の姿。

「き、貴様、何をした……っ！」

ぶるぶると腕《うで》をふるわせながら、テストを返す木佐。

ニヤニヤと笑みを浮かべながら、テストを受け取るのえる。

「生徒をむやみに疑うのはよくないよ、センセ」

「だいたい二次方程式が解けない貴様が、微分《びぶん》ができるわけなかろうが！」

おーっほっほっほっほ、とのえるは小指を立てて笑い声をあげた。

「先生にも解けない問題があるようね〜」

思わず健太はのぞきこんだ。

ホントに満点だった。

「貴様がカンニングをしないようボクはずっと見張ってたんだぞ！　何をした！　貴様、何をした！」

「そりゃ、カンニングに決まってるじゃない」

「だからどうやって⁉」

「さあ？」

のえるがとぼけると、木佐は神経が切れる音がするほどの興奮で激怒《げきど》した。

「ボクは割り切れないものとか解らないことが何より気持ち悪いんだ！　教えろ！」

「それより先に、渡《わた》すものがあるんじゃない？」

「これか」

木佐は誓約書《せいやくしょ》を投げつけた。

「さあ、教えろ！　折原！」

「これよ」

と、取り出したのは一本のシャープペンシルだった。

「先にCCDカメラを取り付けてね。無線で東京大学に接続。問題用紙をそのまま大学のスクリーンに投影《とうえい》して、先生たちに解いてもらったってわけ」

シャーペンの先は医療《いりょう》用に使われる微細《びさい》なカメラとなっていて、中には無線送信機が内蔵されている。だが、それだけでは木佐は納得《なっとく》しなかった。

「こ、答えはどうした⁉　カーテンだって閉めたし、貴様がイヤホンをしてないこともチェック済みだ！　どうやって答えを受け取ったんだ‼」

「はじめはイヤホンにしようと思ったのよ。でも書けない漢字があったら困るじゃない？　だから解答も映像で送ってもらうことにしたわけ」

と、もう一つのペンシルを取り出した。

先が投影機になっていて、光のラインをなぞるだけで答えが書けてしまうという仕組みになっている。

「いやー、あたしが漢字も弱いバカで助かったわ」

「ひ、卑怯《ひきょう》だぞ！」

「社会のテストに数学の問題を出す先生には負けちゃうよ」

のえるは誓約書をびりっと二つに引き裂《さ》いた。

「さくらセンセも、これっきりコイツの意地悪にはひっかかっちゃダメよ」

こくんこくんと、さくらは何度も大きくうなずいている。

もちろん泣きながら。

「ありがとう、折原さん」

そこへ、

「ありがとうじゃないでしょう！　桃園先生！」

不意に現れた男の顔を見て、生徒も先生も、驚《おどろ》いた。

現れるはずのない教師が、そこに出現していたからだ。

「お、奥原先生……」「あと一ヶ月は入院してるはずじゃ」

確かに彼は松葉杖《まつばづえ》をしていたし、右足はまだギプスで固められていた。

「仮退院が認められたから学校に顔を出してみれば、教師が二人もいて、くだらない争いを……」

奥原はどっしりとした体格の、いかにも古き良きガンコ親父《おやじ》だ。

奥原は木佐をまず叱《しか》ると、続いてさくらを叱った。

「だいたい桃園先生は、生徒になめられすぎなんです」

「す、すみません……」

すると、のえるが割って入った。

「ちょっと待ってよ！　カンニングしたのはあたしなのに、どうしてさくら先生が責められなくちゃいけないの⁉」

「なんだ、自分が悪いという自覚はあるんだな、折原」

「うっ……」

墓穴を掘《ほ》ってしまった。

奥原の目がのえるに向けられていた。

にこやかに微笑《ほほえ》む顔の、瞳《ひとみ》だけが冷たい。

「えー、追試だけでいいでしょーっ？」

「不正は不正。ペナルティはペナルティ。トイレ掃除《そうじ》を一ヶ月、校門で早朝の挨拶《あいさつ》係を一ヶ月、さあどっちを選ぶ？」

早朝の挨拶係というのは登校時間が始まる前に校門に着いて、やってくるみんなに「おはようございまーす」と挨拶する係のことだ。当然、起床《きしょう》が早まる。遅刻《ちこく》ぎりぎりに到着《とうちゃく》しているのえるにとっては、地獄《じごく》だ。

いっぽう罰掃除《ばつそうじ》は放課後のイベントだ。当然、下校が遅《おく》れる。遊ぶために生きてるようなのえるにとっては、これまた地獄だ。

のえるは首を振《ふ》った。

「いやっ！　どっちもいやっ！　あたしにはテストの点を自由に決める権利があるんだもん。文部科学大臣より偉《えら》いんだもん！」

「さぁ折原。どっちだ？」

奥原はまったく動じない。

「あ、あたしは総理大臣よっ！」

「俺《おれ》はお前の担任だ！」

ばりばりばりっ、とにらみ合う二人の間を稲妻《いなずま》が飛び散り、教室を沈黙《ちんもく》が支配し——。

先に視線をそらせたのは、のえるだった。

「あたしはさくらセンセを守ったんだからね」

そして、放課後。

のえるはトイレでせっせと床《ゆか》を磨《みが》いていた。

「健ちゃ〜ん、手伝ってよーっ」

女子トイレの中から呼び声がして、二人分のカバンを持っていた健太は焦《あせ》ってしまう。

「手伝えるわけないだろっ！」

「けちー」

「けちじゃない」

やれやれ……と肩《かた》をすくめながら、健太は窓の外を見た。

すっかり木々は紅葉を散らしている。

人間が八月を果てしなく延長しようと、秋はやってくるのだ。

アホみたいな日付をつけた人間は、熱心にブラシをごしごしと床にこすりつけている。

その音が聞こえてきて、健太はクスッと笑った。

やろうと思えば、奥原先生なんて総理大臣の権力でどうにでもできるのに、道理の部分で負けを認め彼女は従った。

根がまっすぐなのだ。

だから自分のほうが間違《まちが》っていると分かったら、それ以上戦えない。

負けを認めたら素直《すなお》に、……いや、不平不満をこぼしてはいるのだけれど、キチンと丁《てい》寧《ねい》に掃除をしているあたりがなんとものえるらしいと健太は思うのだ。

それは、類《たぐ》い希《まれ》なる彼女の長所だと。

のえるのいいところを見つけると、なぜなのかよくわからないけれど、なんだか自分まで嬉《うれ》しくなってくる。

(そうだよね。のえるもいろいろ馬鹿《ばか》なことしたけど戦車とか動いたわけじゃなし、とりあえずこの秋は平和に過ごせそうだよな)

そういう意味でも、嬉しい。

「おまたせー」

のえるが現れた。

「さ、帰ろ。早く帰んないと遊ぶ時間なくなっちゃうよ!」

健太から自分のカバンを取るなり、颯爽《さっそう》と駆《か》け出す。

「のえる、廊下《ろうか》を走っちゃダメだってば!」

と言う健太の忠告が届くよりも早く、のえるは廊下の角で、ぶつかった。

「ご、ごめん……。大丈夫《だいじょうぶ》？」

倒《たお》れたのはお互《たが》い様だったが、相手の少女はのえるの顔を見るなり、くすくすと小さく笑いはじめた。

「相変わらずですね。ノエルは」

「え？」

懐《なつ》かしそうなまなざしを浮かべて、シャイニィはのえるを見上げた。

ひと目で育ちがよいとわかる、気品のある物腰。髪の毛はさらさらとよく梳《す》かれていて光っている。長いまつげ、すらっと伸びた鼻梁《びりよう》、未《いま》だ顔立ちには幼さを残していたが、未来の美しさを予感させるつぼみのようなものだ。

もっとも、着ている服が日本のものではないのだが。

「知り合いなの？」

健太は驚《おどろ》いた。

「ああ！」のえるは手を叩《たた》いた。

「お久しぶり」

にっこりと微笑《ほほえ》むシャイニィに、のえるは駆け寄り、手を取った。

「ほんとほんと！　何年ぶりかしら、ホント何年ぶりかしら、何年前に会ったんだか本当に会ったことあるんだかないんだか、さっぱりわからないんだけど……つまりあなたは誰《だれ》だっけ？」

健太はコケた。

「もーっ、いいかげんな反応やめなよ！」

「あはは、相手が覚えてくれてるんだから、こっちは忘れててもOKかなー、と」

「そんなわけないだろ……」

「相変わらずですね、ノエルは」

彼女は責めない。むしろ懐かしいといった喜びを表情に浮《う》かべている。

(優しそうな子だな)

のえるとは対照的な、落ち着いていて可憐《かれん》な彼女の立ち振る舞《ま》いを見て、健太は好感を覚えた。

いっぽう、今頃《いまごろ》になってのえるは手を叩き、

「あ、思い出した。シャイニィでしょ？　元気だった？　そうそう約束したよね。勝負の決着が着いたらまた会おうって」

「勝負？」健太が訊《たず》ねた。

「どっちが先に天下を取るのかって勝負をしたのよ、ね？」

「はい」

シャイニィはにこやかにうなずいた。

（やっぱり、この子もバカ仲間だったのか……）

遠い目をする健太なのだった。

第2章 結婚しましょ!

「あ、紹介《しょうかい》するね。彼女はシャイニィ。アルカンタラ王国のお姫様《ひめ》よ」

シャイニィはぺこりとお辞儀《じぎ》をした。

「アルカンタラ王国？」

「東南アジアの国よ。日本が天然ガスを一番輸入させてもらってる国」

健太は感心した。

こういうところはさすが総理大臣だな、と思う。

（お金の話には強い……）

いちおう、誉《ほ》めてるつもりだ。

健太がそんなことを思っている間に、のえるは彼女に健太を紹介しようとしていた。

「彼は……」

「ハセガワケンタさん、ですね」

「えっ」

シャイニィが自分を知っていることに、健太は驚いた。

彼女は静かに言葉をつづける。

「ノエルと、結婚《けっこん》の約束をしてる人」

「大正解」

「ちがうじゃん！」

健太は額を押《お》さえた。

このデタラメは世界中まで知れ渡《わた》っているのか……、と思った。

ともかく、親友同士の4年ぶりの再会である。

100メートル先からでも喋《しゃべ》り声が聞こえてきそうなのえると、1メートルも離れると何を言ってるのかわからなくなるシャイニィは対照的な組み合わせだったが、二人で話す姿は、不思議なぐらいに和《なご》やかな雰囲気《ふんいき》に包まれていて、そばにいる健太もうきうきとした気分になれる。

「ノエルのことだから、てっきり軍事クーデターでも起こして日本を乗っ取るものだとばかり思っていました」

「シャイニィこそ、兄弟みな殺しにするのに4年もかけちゃって〜」

「……何の会話してるんだ、何の」

聞かなきゃよかった、と思った。

「やーねー、乙女《おとめ》の会話に聞き耳立てる男って」と、のえる。

「乙女がクーデターなんか起こすか！　兄弟みな殺しなんか企《たくら》むか！　そんな会話を和気あいあいとするか！」

「あ、男女差別だ」

「男がやったって犯罪だよ……」

「ただの想像でしょ、想像。ホントにクーデター起こしたわけじゃないんだし」

「そうなんだ〜〜〜」

……と、納得すると思ったら大間違《おおまちが》いだよ。と、健太は人差し指を左右に振《ふ》った。

「僕《ぼく》が安心した後で『起こすつもりではあったのよ』とかボケるつもりなんだろ？」

のえるは、あはは、と一笑しながら手首から先を左右に振り、

「しないしない。だって、ここであたしがボケる必要なんてないじゃない？」

「本当〜？　ならいいんだけど」

「っていうか、健ちゃんはあたしのこと、どー思ってるのかしら……」

「ごめんごめん。のえるだって四六時中ボケることばかり考えてるわけじゃないんだね」

のえるは平然と、

「いや、シャイニィは実際にやってるから……兄弟みな殺し」

「照れます……」と、頰《ほお》を淡《あわ》く染めるシャイニィ。

(な、なぜ照れる……!?)

顎《あご》が外れそうになる健太。

三者三様だった。

「あ……あの、兄弟みな殺しって、照れるようなことなのかな？」

「そりゃそうでしょ、4年もかけてたら」と、のえる。

「……早い遅《おそ》いの問題なのかよ」

話によると、二人はのえるがアルカンタラ王国を訪れた時に知り合った友達らしい（とても公《おおやけ》にはできない出会い方をしたらしい）。のえるが別の国に向かうまでの付き合いだったが、別れ際に約束を一つしたんだそうな。

のえるは日本、シャイニィはアルカンタラ王国、それぞれの国をどちらが先に支配するかという勝負をしよう、と。

ナレーションをするように、マイクを持つ仕草をしたのえるがつぶやく。

「それは乙女の微笑《ほほえ》ましい誓《ちか》い……」

「どこが微笑ましいんだよ!!」

アルカンタラ王国には『獅子《しし》の戦い』と呼ばれる、独特の王位継承《けいしょう》制度がある。資格を持った王子王女が獅子の御魂《アル・ガ・ハウ》と呼ばれる神器を争奪《そうだつ》し、王にふさわしい器量を持つ者を選ぶという風習なのだが、要するに国家スケールのバトルロワイヤルである。

それでシャイニィはのえるとの約束を守り、王位継承権第一位、つまり皇太女の座をゲットしたというわけだ。

「あの時、シャイニィが元気なくしてたから。あたし、ポジティブになってほしくて」

「人殺しをそそのかしといて、どこがポジティブなんだよ～っ！」

とまあ健太は怒鳴《どな》るのだが、のえるときたら柳《やなぎ》に風、耳を右から左の、のれんに腕押《うでお》しでまったく意に介《かい》さず、ひょうひょうとシャイニィに向き直ると、

「ニュースで見たわよ。宮殿《きゅうでん》に乗り込んでの銃撃戦《じゅうげきせん》は凄《すご》かったわねえ」などと恐《おそ》ろしい話をし始めた。

「あれは本意ではないのです。私が乗るはずだった車が爆破《ばくは》されまして、これはアルマダお姉さまも本気だな、と思い、やむを得ず……」

「そっか……。あっちはあっちでシャイニィを始末して王様になるつもりだもんねえ」

「アルマダお姉さまは、とても美しいお方。あんな死に方だけはしてほしくなかったのですが……」

シャイニィは目を伏《ふ》せた。細い眉《まゆ》が悲しげな曲線を描《えが》いていて、わずかに震《ふる》えている。

健太は思った。

彼女だって、したくて兄弟を殺してきたわけじゃないんだろうな、と。

誰《だれ》にだって、生き残るために戦う権利はある。

自分を殺そうとした姉の死を悼《いた》む彼女の優しさを信じようと思った。

思ったのだが……。

「だからせめて姉上は毒殺してさしあげようとコックを一人、お姉さまの宮殿の厨房《ちゅうぼう》に潜《せん》入《にゅう》させておいたのですが、それも無駄《むだ》に終わってしまいまして……」

「結局、殺す気だったの⁉」

裏切られた。

「アルマダ姉さまは、とても美しいお方。あんな死に方だけはしてほしくなかったのですが……」シャイニィは目を伏せた。

「それで毒殺？」

死んだら同じことじゃん、としか健太は思えない。

微笑みを交《か》わし合う二人の少女を見て、少年がひとり頭を抱《かか》えていた。

「でも、どしたの？　こんな時期に日本なんて」

「こんな時期って?」健太が訊《たず》ねた。

「王位継承の資格は手に入れてるけど、正確にはまだライバルのお兄さんが一人残ってるのよ」

シャイニィはうつむいて。

「……女王になると、簡単には羽根をのばせなくなりますから」

「そうよねえ、国を担う仕事って私生活を犠牲《ぎせい》にしなくちゃいけないから」

うんうん、としみじみうなずくのえる。

「のえるの場合、私生活のために国を犠牲にしてる気がするけど……」

「健ちゃん、なんか言った?」

「いやいやなんでも」

「転校の手続きをしてきたってことは、しばらく日本にいるんでしょ? じゃ、来日お祝いに三人で遊びに行こっか」

のえるの携帯《けいたい》が鳴った。

着信音で、首相官邸《かんてい》からのものだとわかる。

「もしも〜し。こちら内閣留守番電話サービスセンターでーす」

と、ふざけたテンションで電話をとるのえるだったが、

「領空侵犯機《しんぱんき》っ⁉」

表情が一変した。

「わかったわ、すぐ行くわ」

「どうしたの？」

「所属不明の航空機が、領空に入ったまま消息を絶ってるって」

「ええーっ！」

「大丈夫《だいじょうぶ》よ。そんなに大型のものではないみたいだから」

遠くからヘリコプターの音が聞こえてくる。

窓を見ると、陸上自衛隊のヘリが近づいてくるのが見えた。

校庭では一足早く到着《とうちゃく》していた自衛官たちが、ヘリの着陸場所を確保するために生徒たちを誘導《ゆうどう》していた。

「あ、健ちゃん。国の習慣でちょっと変わったところがあるけど悪い子じゃないから、シャイニィのこと、よろしくね」

そんなことを耳打ちすると、のえるは笑顔に戻《もど》り、手の甲《こう》で健太の胸をこん、とノックして、じゃーねー、と手を振《ふ》りながらヘリに乗りこむために走っていった。

「よろしくねって……」

健太が振り向くと、シャイニィは胸元で小さくのえるに向かって手を振っていた。
表情は薄《うす》いが、口元がほんの少しだけほころんでいる。
のえるのことが好きなんだな、と思った。
シャイニィは健太の視線に気づくと、すぐに手を下ろした。
うつむいた仕草が、恥《は》ずかしさを隠《かく》しているようでもある。
「…………」
「…………」
二人の間を沈黙《ちんもく》の川が流れた。
(うっ、どうすれば……)
のえるとは勝手の違うシャイニィの内気ぶりに健太は困り果ててしまった。
健太は女の子との付き合いが得意なほうではない。
むしろ、苦手なほうだ。
怖《こわ》いと思っている節もある。
だから、まず初めに考えることがこれだ。
(僕《ぼく》って、嫌《きら》われてるのかな……)
健太みたいな男の子にとって、女の子は宇宙人だ。

何を考えているか、わからない。

満足に知り合ってもいないのに、嫌われるも何もないのだが、なにしろ健太は人に自慢《じまん》ができるほど自分に自信がない。

相手のことを無条件で偉《えら》いと思ってしまうので、そっけない態度を取られるだけで、自分が悪いんだろうなと傷ついてしまうのだ。

女の子のことが嫌いなわけじゃないのだけれど、そう思ってしまう。

な、もので、別によく知っているわけでもない子にちょっと冷たい態度を取られただけで、

(なんで、何も悪いことをしてないのに、そっけなくされるんだろ……)

と、女子全体に対する苦手意識を深めてしまう結果となる。

損な性分だ。

とにかく、健太は困った。

(ど、どうしよう……！)

健太はのえるの言葉を思い出した。

『国の習慣でちょっと変わったところがあるけど』

(どんなことなんだろ？)

なにせ兄弟同士の殺し合いを『風習』の一言で片づけてしまうような国だ。

どんなとんでもない『風習』なんだかわかったものじゃない。

（とりあえず、細心の注意を払《はら》って……）

「あ、あのさ、どっか行きたいところ、ない？」

彼女はうつむいたまま、ぼそぼそと細切れの言葉を投げた。

「どこでも、いい」

「そ、そうなんだ……」

健太はがっくりと肩《かた》を落とした。

校庭に出ると、ヘリはすでにのえるを乗せて飛び立ち、部活動をしていた生徒たちがグラウンドに戻ろうとしているところだった。

にゃー、と鳴き声がする。

足下に白い猫《ねこ》がいた。

野良《のら》猫だ。ミィとかタマとか、みんなが適当に呼んでいる。生徒たちが給食の残りをあげているうちに学校に住み着いてしまった猫だ。

「お腹《なか》空いてるの？　困ったなあ、何も持ってないんだけど……」

するとシャイニィがごそごそとポケットをまさぐりはじめた。

何かあげるのかな、と思っていると、彼女は見慣れぬ筒と手のひらに収まるぐらいの小さな壺《つぼ》を取り出すのだった。

筒《つつ》にも壺にも食べ物らしきモノが入っている様子はない。

彼女は壺を開けると、細長い棒を取り出して、ストローというには大きすぎる筒の中にセットした。

それはまるで――、

「……な、何してるの？」

「吹《ふ》き矢です」

真面目《まじめ》な顔で言われる。

「……だ、だから、吹き矢で何を？」

「我《わ》が国では、水曜日に猫に見られると命を取られると言います」

「ええ～っ⁉」

「だから殺して取り戻《もど》さなければいけないのです」

「まだ取られてないって～～～っ！」

健太は猫を抱《だ》きあげると、彼女の見えないところまで運び去った。

のえるの言葉を思い出した。

『国の習慣でちょっと変わったところがあるけど』

吹き矢を持ち歩く女の子……。

黒猫が目の前を横切ったら不吉《ふきつ》、という迷信を健太は思いだした。

(あれと似たようなものなのかな……)

ぶるぶると健太は首を振《ふ》った。

違《ちが》う! ぜんぜん違う!

強く健太は思った。

彼女は健太が戻ってくるまで、ずっと立っていた。

「…………」

「ご、ごめんね。猫、逃《に》がしちゃって」

一応、謝っておく。

彼女にとっては嫌《いや》なことをしたかもしれないからだ。

「いいえ、大丈夫《だいじょうぶ》です」と彼女は首を振った。

「そう? よかった……」

「ウソですから」

「………」

　しらっと彼女は言い切った。

「いけませんか？」

「いけないもなにも……」あまりにも明快に言われてしまうと、なんだか悪いことでもなんでもないような錯覚《さっかく》を覚えた。

「それ以前に、今日は男性とお話ししてはいけない日なんです」

　その手には毒に浸したばかりの吹き矢が。

「うえええっ⁉」

　健太は飛び退《の》いた。

「あなたは護衛兵なので大丈夫です」

「そ、そうなんだ〜」

　ホッと胸をなでおろす。

「ただし護衛兵は、上半身裸《はだか》で、刀を振りながら行進しなくてはいけませんが…」

　健太は上着を脱《ぬ》ぎ、竹刀《しない》をつかむと、

「めんーっ！　めんーっ！　めんーっ！」と摺《す》り足で行進しはじめた。

「ウソです」

「…………」

健太はのえるの言葉を思い出した。

『悪い子じゃないから』

（ど、どこが悪い子じゃないんだよ〜っ⁉）

激しく心の中で絶叫《ぜっきょう》した。

（外国の人と付き合うのって大変だなあ……）

健太は本屋に立ち寄ることにした。

シャイニィの国のことを調べようと思ったのだ。

『世界の愉快《ゆかい》な国、楽しい国　著・藤井《ふじい》宗一郎《そういちろう》』という本によると、こうある。

アルカンタラ王国。

東南アジア、セレベス海に浮《う》かぶ王国。フィリピンとインドネシアに挟《はさ》まれるように存在するこの国は、北海道ほどの広さの島に約３００万人が住んでいる。熱帯地域に属してはいるが、北から流れ込んでくる寒流のおかげで年中過ごしやすい。

主な産業は、観光および石油などの資源採掘《さいくつ》。特にポスト石油エネルギーの筆頭とも言われる天然ガスの埋蔵量《まいぞう》は世界一と言われており、その産出で潤《うるお》った財政により税金は存在しない。国民はのどかで穏《おだ》やかな暮らしを楽しんでいる。

また、世界征服《せいふく》をうたった戦争憲法でも有名である。

「どこがのどかなんだよ〜っ！」

ただし宗教上の理由で、鉄の船を持てないため、ここ100年ほど、実際に起こった戦争はない。

「よかった……」

ただし鉄の飛行機の保有は禁止されていないので、近年は空軍力を増強している。

「ダメじゃん！」

ただし宗教上の理由で、ミサイルなどの大量破壊《はかい》兵器の所有をみずから禁じているため、軍事力は近隣《きんりん》諸国よりもむしろ弱い。彼らが国是《こくぜ》である侵略《しんりゃく》戦争を始められるのはいつの日のことだろうか。その努力を静かに見守りたい。


「この本の作者は、戦争して欲《ほ》しいのか欲しくないのかどっちなんだ……」

健太が複雑な顔をしていると、その視界の隅《すみ》で、シャイニィが本を運んでいた。

嫌《いや》な予感がした。

「……な、何をしているの?」

見ると、エッチ雑誌とかプロレス誌とか相撲《すもう》誌とか、男女問わず裸の本が積まれていた。

「我が国では、このような本は見つけしだい燃やすことになっています」

そう言って、彼女はポケットの中からさっきとは別の色の壺《つぼ》を取り出すと、雑誌の上にまいた。

油の匂《にお》いがした。

「……そ、それもウソなんだよね?」

「いいえ、これは本当です」

火を点《つ》ける。

燃えた。

「に、逃《に》げろ〜っ！」

健太はシャイニィの手をとって、本屋から逃走《とうそう》した。


「はぁはぁはぁはぁ……」

駅前の商店街から数百メートルほど走ったところにある橋を渡《わた》った健太は、ちょうど死角になっている橋の下に転がり込むと、糸の切れた操り人形のように倒《たお》れ込んだ。

仰向《あおむ》けになった身体《からだ》から、ぜえぜえと荒《あら》い息が漏《も》れる。

同じ距離《きょり》を走ったはずなのにシャイニィはぼうっと立ったまま、肩《かた》で息をしている様子もない。まだ余裕《よゆう》すらあるのか、視界の外に歩いて消えた。

（格好悪いなあ……）

同じ距離を走っているのに自分はバテバテで女の子がピンピンというのは、かなり情けない。しかし立ち上がってみせるだけの体力も残ってなく、健太は目を閉じた。

どくんどくんと動いている心臓の音や、乱れた呼吸がなおさら聞こえてくる。限界まで頑張《がんば》ったのだ、無様でも仕方ない。身体が熱いのが自分でもわかった。

すると、ひんやりとした何かが額に触《ふ》れた。

目を開けると缶《かん》ジュースだった。シャイニィだった。

彼女は相変わらず無愛想な顔のまま、缶をゆらして、受け取れとうながした。

「あ、ありがとう……」

健太は驚《おどろ》いてしまった。

(いいところもあるんだ……)と、感心する。

ぽーっ、と火照《ほて》っている顔に、さらにちょっとだけ赤みが増した。

「でも、よく日本のお金持ってたね」

「お金?」

シャイニィが首をかしげるのと同じスピードで、健太の顔から血の気が引いた。

(こ、これはいわゆる世間知らずのお姫様はお金を知らないという話の……)

きょとんとした顔のシャイニィに、健太は缶ジュースを示す。

「……こ、これ、どうやって手に入れたの?」

「置いてあったから、貰《もら》った」

「万引きって言うんだよ〜っ!」

「万引きとは、お金も払《はら》わずに物を頂くこと?」

「そうだよ」

「では、そこにある本は?」

シャイニィが指さした先には、一冊の本があった。

左手がずっとつかんでいたそれは、さっき、健太が立ち読みしていた本だった。

「えええええ～っ!?」

あの時、とっさのことに本棚《ほんだな》に返すのを忘れ、持ち逃げをしてしまっていたのだ。

健太はばったりと、仰向けに倒れ込んだ。

「こ、この僕《ぼく》が万引きを……」

前科一犯。

のえるいわく『気弱スーツを着て歩いている』健太にも、自信を持って人に誇《ほこ》れるものがあった。

それは、悪いことは絶対にしないということだった。

それが、破れてしまったのだ。

「どうしよう……」

「ちなみに、私がお金を知らないというのはウソです」

と、シャイニィは100円玉を見せた。

「逃げてる途中《とちゅう》に、自動販売機《はんばいき》で買いました」

「もう遅《おそ》いよ～っ！」

健太は立ち上がり、泣いた。

「キミはなんでウソばっかりつくのっ⁉」

「王位を継《つ》ぐには、一日10回ウソをつかないといけないのです」

「しょーがないなあ……」

「ウソですが」

「………」

健太は思った。

さすがのえるの友達だよ……、と。

がっくりと肩を落として、本を手にした健太はとぼとぼと歩き出した。

するとシャイニィは不思議そうな顔をして、訊《たず》ねる。

「怒《おこ》らないのですか？」

キレた。

「怒らしたかったのか⁉ キミは僕を怒らせるためにウソばかりついたのか⁉」

シャイニィは顔を上げた。はじめて健太の目を見た。そして言った。

「あなたのホントが知りたいから」

はぁ？ と、健太は目を丸くした。

（わけわからん）

「あなたはいい人」

シャイニィはぽつりとつぶやいた。

「ウソをついても怒らない人、私にウソをついてる人、信用できない人。ウソをついたら怒る人、私にウソをついてない人、信用できる人。ケンタ、怒った、信用できる人」

「はぁ？？？」

思考というにはあまりにも飛躍《ひやく》しすぎたロジックに、健太は混乱した。

「昔、教えてもらいました」

（誰《だれ》だよ、そんな極端《きょくたん》な理屈《りくつ》を……）

健太は頭が痛くなった。

しかし、シャイニィはまっすぐに自分を見つめている。

きれいな瞳《ひとみ》をしていることに、今頃《いまごろ》気づく。

見た目に美しいというだけでなく、まなざしが純粋《じゅんすい》なのだ。

ひたむき、という言葉がぴったりの。

（………）

わからなくなった。

彼女はしゃあしゃあと僕を騙《だま》した。同じ口でいい人と言った。試すためにウソをついたと言った。支離滅裂《しりめつれつ》だった。

なのにとても気にかかってしまうのはなぜなのか。

わかる。

自分を見つめる瞳が、優しいのだ。

とてもあやういまなざしだと思った。

疑うとか、恐《おそ》れるといった警戒《けいかい》をまるで挟《はさ》まない彼女の微笑《ほほえ》みは、傷つくことをまだ知らない子供のように無垢《むく》で清らかで、見つめられている健太をして、(僕がウソつきだったらどうするんだ?)と、思わせるのだった。

「ノエルが教えてくれました」

「何を?」

「ウソつきの見分け方」

「やっぱり……のえるか……」

健太は己の予想の的中率を恨《うら》んだ。

しかし、それにしてもシャイニィという子は危なっかしい。

14にもなってそんな単純な理屈で人を判断していたら、いつかひどい目に遭《あ》う。

そう思った。

「あのさあ、確かに君は立場が立場だから、下心とか含《ふく》むところがあって近づく人間も多いだろうし、そういう人は君が何をしても怒らないだろうけど……」

「ノエルは、元気になれる言葉をいつもくれました」

嬉《うれ》しそうに彼女は言った。

「獅子《しし》の戦いに臨まなければならないのに、怖《こわ》くて、落ち込んでいた私に、勇気の出る言葉をいくつもくれました。これもその一つでした」

大好きなものを報告するような口振《くちぶ》りで思い出を語る彼女を見て、健太はわかった。

（彼女は素直《すなお》なんだ……）

ウソつきなんかじゃない。

好きな人の言うことを信じて、何も疑わずに信じて、その通りに実行する。

（僕《ぼく》なんかより、よっぽど純粋で素直な子なんだ……）

健太は夕焼けに気づいた。

市内を縦断する千畝川《ちうねがわ》は、それを横切る橋に橋桁《はしげた》をつけなくてはいけないほど広い。その広くて豊かな川面《かわも》が黄金色に輝《かがや》いていた。

「きれい……」

シャイニィはそう言って、川べりへ歩きだした。

夕日が空を赤く染めていた。きらきらとゆらめく川面に優しい表情をした彼女が重なった刹那《せつな》、健太は時が止まった気がした。それほど心奪《うば》われる瞬間《しゅんかん》だった。

「あっ」

シャイニィが足を滑《すべ》らせて、尻餅《しりもち》をついた。

何かが彼女の服からこぼれ、ちゃぽん、と音がした。

ハッと、シャイニィの顔がこわばった。

とっさに手を伸《の》ばしかけて、彼女はやめた。

「大丈夫《だいじょうぶ》？」

「何でもありません」と、彼女は首を振った。

(あれ？)健太は戸《と》惑《まど》った。「いま、何か落ちなかった？」

「……たいしたものでは」

目を背《そむ》けて、答える。

(大事なものなんだ……)

健太は、シャイニィの態度を不可解に思いながらも川の中に目をやった。すると底に、手のひらぐらいの大きさをした紋章《もんしょう》、首飾《くびかざ》りのようなものがゆらめいて見えた。

「まかせて、これぐらいなら僕でも取れるよ」

健太は川に足を入れ、膝《ひざ》までつかりながら数歩進むと、ひょいと腕《うで》まくりをして冬も近づいた水の中に手を入れ、拾い上げた。

ところがだ。

それを受け取ったシャイニィは、それをしばし見つめた後、
川に投げた。

陽光を受けた紋章は、流星のように輝きながら広く豊かな川の真ん中に落ちていった。

「なんでっ⁉」

「捨てたものを拾ったから」

「落ちただけじゃないか」

「私にとっては重荷だから、落ちたのでしょう」

シャイニィはそう言って、健太に向き直った。

「あんなものがあるから殺し合いが起こる」

「えっ……」

燃えるような夕日を瞳《ひとみ》に映して、シャイニィは言った。

「獅子の御魂《アル・ガ・ハウ》は、私にはふさわしくない」

橋の下に、健太が持っていた本が置き去りになっていた。

開かれているページには、こんな文章が記されていた。


この国のもう一つの見所は、独特の王位継承《けいしょう》制度だ。この国では男女を問わず一定の年齢《ねんれい》に達した王族は等しく王位につくチャンスを得ることができる。王位はアルカンタラ王国に古くから伝わる建国神器の一つ、獅子の御魂を手にしたものに渡《わた》る。

つまり殺し合いだ。

獅子とは太陽のことであり、傷口から流れ出す血を指しているとも言われている。

王は人にして人にあらず。家族を持つが、血の絆《きずな》よりも民を守るのだという証《あかし》を立てる儀式《ぎしき》。などなど無数の大義名分で彩《いろど》られている殺し合い。

それが、この国の王位継承制度だ。


「キミが……、日本に来たのは……」

「国には、兄がいます」

シャイニィは視線を落とした。

「獅子を奪い合う者が、一人の王子、王女となった時点で、王位継承者が決まります。その文言《もんごん》は、王子と王女が残り一人ずつになった時点で戦いを終えてかまわないと解釈《かいしゃく》されています」

「あ、じゃあ、お兄さんは助かるんだね」

早合点した健太は声をあげる。だがシャイニィは目を閉じて静かに首を振った。

「助かるのは、共に王冠《おうかん》を戴《いただ》く場合のみです」

「そ……、それって、お兄さんと結婚《けっこん》するってこと？」

「我《わ》が国では、兄弟同士の婚姻《こんいん》はめずらしいことではないのです」

「そうじゃなくてさ、シャイニィの気持ちはどうなの」

彼女は複雑な顔をして言った。

「兄様が死なずに済むのなら……」

その言葉の続きは何だったのか、健太は聞くことができなかった。

突如《とつじょ》、現れた覆面《ふくめん》の集団に身体《からだ》を羽交《はが》い締《じ》めにされ、甘《あま》い匂《にお》いのするハンカチを顔に当てられた瞬間《しゅんかん》から、意識がみるみる遠くなっていったからだ。

すべての景色《けしき》が真っ白に溶《と》ける。

健太は薄《うす》れゆく感覚の中で、ハンカチの柄《がら》が彼女の捨てた紋章を縁取《ふちど》っていたものと同じであることに気づいた。

♣

そこは倉庫だった。

体育館ほどの空間に、健太とシャイニィと、それを取り囲む8名ほどの覆面男がいた。

中に入ったところで健太は床《ゆか》に放り投げられ、意識を取り戻《もど》していた。

シャイニィは無事のようだった。

ひとまず安心する。

健太は室内を見回した。

むきだしになっている赤錆《あかさ》びた鉄筋。床はかろうじてコンクリートであったが、いたるところに亀裂《きれつ》が走っていた。がらんとした空間には段ボールが無造作に積み上げられている。どれほどの間放置されていたのか、湿気《しっけ》を大量に含《ふく》んだ表面はふにゃふにゃで、ところどころに薄緑色のカビすら生えている。倉庫の持ち主でさえこの場所の存在を忘れていてもおかしくないほどの、放置っぷりであった。

意識を失ったので倉庫がどういう立地にあるのかはわからない。しかし外からは車の音も、街の喧噪《けんそう》も伝わってはこない。一枚の薄いプレハブを通してすら。

ひたすらの静寂《せいじゃく》。

ざりざりとコンクリートを擦《こす》る、男たちの足音がはっきりと聞こえるほどの。

大声で叫んだところで誰の耳にも届かないだろう。そう思った。

灰色の覆面をかぶった男が、ナイフを抜《ぬ》いてシャイニィに近づこうとしていた。

「やめろ！」

「おや、目覚めたか小僧《こぞう》」

「シャイニィに何をするつもりだ！」

「それは王女殿下《でんか》のお返事次第だな」

そう言うと、灰色はシャイニィの目線に腰《こし》を下ろした。

「さてと殿下。どうして誘拐《ゆうかい》されたのか、わかるかな？」

彼女は、ぷいと顔を背《そむ》けて口をつぐむ。

「わかった！　お前ら、シャイニィの兄さんの手下だな！　それでシャイニィを」

「てめーは黙《だま》ってろ」

そばにいた赤色が銃《じゅう》を突《つ》きつけた。

「ひっ……」健太は硬直《こうちょく》する。

「ケンタを傷つけないで」

「なんだ、喋《しゃべ》れるじゃないか」

恐喝《きょうかつ》方法がわかった灰色は、手にしたナイフで健太の首筋をなでた。

うっすらと一筋の赤い糸が浮《う》かび、血の滴《しずく》となる。

「ひ、ひっ……」

恐怖《きょうふ》のあまり、健太は悲鳴も上げられなかった。

「殺すなら私だけでいいはず」

「まあ、そのつもりだが」

灰色はそう言って、赤に薄く塗《まみ》れた刃《は》をシャイニィに向ける。

「や、やめろ！」

健太はシャイニィを見た。

彼女は何も言わず、座《すわ》っていた。

放課後に、初めて二人きりになった時に見せたような薄い顔をして、座っている。

（王女様ともなると、こういうことにも動じないのかな……）

場違《ばち》がいにも、そんな感心をしてしまう。

「獅子の御魂《アル・ガ・ハウ》を、どこへやった？」

灰色が尋《たず》ねた。

「ない」

「しらばっくれるんじゃねえ！」

彼女の目を突き刺《さ》さんばかりにナイフを突きつける。

だが、シャイニィはぴくりとも動じない。

普段《ふだん》通りの顔で「ない」というだけだ。

「そう言えば俺《おれ》たちが手を出せないと思ったら大間違いだぞ」

「だから殺せばいい」

「そ、そんなこと言っちゃダメだよ！　本気にするかもしれないだろ！」

叫《さけ》ぶ健太に、彼女は言った。

「慣れています」

その時の表情が優しくて、健太は驚いた。

にこっとしたわけではない。

いつものままの、不機嫌《ふきげん》というか薄い表情の中で、唇《くちびる》がほんの少しだけ笑むように歪《ゆが》んだのだ。

（僕《ぼく》を励《はげ》まそうとして……？）

（――！）

健太は彼女が普段通りでいられる理由に気づいた。

彼女にとって、誘拐されたり、命を脅《おびや》かされたりする、暮らしが当たり前だということに。

だから『慣れている』んだ。

（そんなのって……）

ダメだよ！

健太は激しくそう思った。

だから叫んだ。

「いくら脅《おど》かしたって、紋章《もんしょう》は出てこないよ！」

「なんだと」

「捨てたんだから！」

「どこにだ！」

「シャイニィを放すほうが先だ！」

「対等に口が利《き》ける立場だと思ってんのかよ！」

赤色の蹴《け》りが健太のどてっ腹に決まった。

「うっ！」

吹《ふ》き飛んだ身体《からだ》は、宙を舞《ま》って転がった。

「死にたくなかったら、さっさと口を割っちまうんだな」

赤色の銃口《じゅうこう》が、健太を捉《とら》えた。

「俺の引き金は軽いぜ」

「ぐぐっ……」

健太は痛みに立ち上がることもできないまま、唇を噛《か》みしめた。

「死ね」

「川よ」と、シャイニィが言いかけた、その時だ。

「そこまでよ！」

突然《とつぜん》、すべての照明が落ちた。

「ふっふっふっ……」

暗闇《くらやみ》の中から、低くくぐもった、それでいて子供っぽい声が聞こえてくる。

（ま、まさか……）

その声を聞いた途端《とたん》、健太の頰《ほお》を冷や汗《あせ》が流れ落ちていった。

「ふっふっふっふっ……あーっはっはっは！」

「だ、誰《だれ》だ⁉」「どこにいる⁉」

覆面《ふくめん》たちは四方八方から聞こえてくる声の方向へ闇雲《やみくも》に発砲《はっぽう》した。

「誰が呼んだか知らないが――」

「さっさと出てきやがれ！」

「実はまだ誰にも呼んでもらってない――」

（ああ、やっぱり……）

健太はよろめきながら額を押《お》さえた。

彼女しかいない。

こんな状況《じょうきょう》で平然とボケられる神経をもった人間は、北極から南極まで地球をくまなく探《さが》しても彼女しかいない。

「ある時は勉強しない女子中学生！　ある時はルールを無視するアンパイア！　ある時はお金を猫《ねこ》ババする汚職《おしょく》政治家！」

（全部ダメじゃん！）と、健太が心の中でつっこむ相手と言えば。

パッ、とスポットライトが二階の一点に当たった。

「地球の平和は守ってあげるかどーかわかんないけど、日本の安全と健ちゃんの健康を守る局地的な正義の味方！　内閣総理大臣折原のえるとはあたしのことよ！」

ばーん、とマイクを手にしたのえるが立ちはだかった。

「そ、総理大臣だぁ？」

呆《あき》れるリーダーに、手下が耳打ちする。

「なっ……本物だってのか！」

「さあ、二人を解放してもらうわよ！」

「こ、こいつらは人質だ！　お前こそ、手を上げろ！」

リーダーは健太の首を抱《かか》え込むと、その頭に銃口をつきつけた。

するとだ。

さっきまでふざけていたのえるの顔から、笑《え》みが消えた。

波が引くように明るさが消え、刃《やいば》のような鋭《するど》く冷たいまなざしが浮《う》かびあがる。

「あんたたち、後悔《こうかい》するわよ」

そう言って、

「あたしが警察を――」

すると青色のマスクをかぶっていた手下がリーダーに耳打ちした。

「や、やばいんじゃないすか？　警察呼ばれたら**オルトロス**さんに……」

「そ、そうだな」

リーダーはひとまず銃を置こうとした。なのにのえるは、

「あたしが警察を呼ばなかったことを――」

「呼んでよっ！」

人質が叫《さけ》んだ。

「じゃあ、てめえ一人ってことだな！」

リーダーは手下に、のえるを捕《つか》まえるよう指示を出した。

「こうなったら総理大臣も人質にしてやる」

二人の男が、はしごを昇《のぼ》り始めた。

「馬鹿《ばか》な小娘《こむすめ》だ」

「馬鹿はどっちなんだか」

のえるは手すりに右手をかけると、せっせとはしごを昇る男たちをあざ笑うかのように、その身を宙に躍《おど》らせた。

「なっ……！」

見るもかろやかに着地する彼女。

灰色とのえるは互《たが》いの姿を見下ろし見上げた。

だが、うろたえているのは灰色のほうだ。

ほぼ二階の高さから飛んだはずなのに、彼女は音も立てずに着地した。

明らかに子供のレベルを超《こ》えている。

のえるの本質は見かけにはないことを感じ取った覆面は、無意識のうちにたじろいだ。

ざり……。

コンクリートを擦《こす》る足音が聞こえて、彼はハッとなる。

ニヤリ、とのえるは笑みを浮かべていた。

自分のみぞおちまでしかないような背の子供に呑《の》まれていることに、灰色は気づく。

「くっ……」

「なんであたしがわざわざ警察を呼ばなかったのかわかんないの？」

のえるの笑みはすでに氷点下を超えていた。

相手が、してはならない一線を越《こ》えていたからだ。

「健ちゃんを誘拐《ゆうかい》するような連中を、逮捕《たいほ》する気なんかさらさらないからよ！」

「それ、どーいう意味だよ！」

人質が泣いた。

「こういう意味よ」

どどーん、と壁《かべ》が吹《ふ》き飛んで、その向こうにあるものが見える。

ミサイルだった……。

MLRS《マルス》。多連装発射ロケットシステム。自走発射機と指揮装置、および弾薬庫《だんやくこ》からなる車輌《しゃりょう》で、広範囲《こうはんい》の目標を瞬間《しゅんかん》的に撃破《げきは》することを目的とする。

とまあ、そんなスペックは健太たちの知るところではないが、倉庫に横付けされたダンプのような乗り物にはタイヤではなくキャタピラが巻かれており、その上には巨大《きょだい》なシガーケースのような箱が90度回転して男たちに狙《ねら》いを定めていた。

6×2に並ぶロケットは封《ふう》を切ったばかりのタバコのようで、火を点《つ》ければ煙《けむり》も出るし、人体に悪影響《あくえいきょう》を及《およ》ぼすことも確かであった。

雲一つない夜空には煌々《こうこう》と光を放つ青白い月。その柔《やわ》らかな輝《かがや》きに照らし出され、自分たちのいる場所がうっそうとした森の中であることがわかる。

だが、そうだとしても、どうしてこんなところにミサイルがあるのか。

のえるは不敵に微笑《ほほえ》むだけだ。

「警察なんか呼んだら、あんたたちに人権とか黙秘権《もくひけん》とか弁護士を呼ぶ権利とか認めないといけなくなっちゃうからね、もったいないでしょ?」

そう言うと、のえるは親指をつきだして自分の首を掻《か》き切る仕草をし、その右手を地獄《じごく》の方角へ下ろした。

「あんたたち、みんなコ・ロ・ス♥」

「ああ〜っ、返す返す！　二人を返すから！」

覆面《ふくめん》たちは慌《あわ》てて銃を捨て、両手を上げると、健太とシャイニィを自由にした。

「ノエル！」

「遅《おく》れてゴメンね」

駆《か》け寄ったシャイニィの頭をのえるはなでた。

いっぽう健太は半眼で、

「……て、いうか、僕《ぼく》が怖《こわ》い目に遭《あ》っている間に、スポットライトとかミサイルとかそんなもの準備してたのか……？」

「ゴメンねえ〜。ついつい凝《こ》りたくなっちゃって」

健太はミサイル車輛に触《ふ》れた。

「本物だ……」

「もっちろんよ。あたしはいつも本物志向よ」

胸を張る。

「胸張って言えることなのかな……」健太は複雑な心境だ。

「あ、あの……俺《おれ》たちも、家に帰っていいですよね？」

やたらと腰《こし》の低い声で誘拐犯たちが尋《たず》ねてきた。

あーっはっはっは、とのえるは笑い、ギラリと鷹《たか》の目を見せると、

「ミサイル発射」

手にしたボタンを押《お》した。

「あああああああああああっ！」

発射されなかった。

「ありゃ？」

のえるは手にしたボタンを何度も押した。

生きとし生ける者すべてが息を呑む静寂《せいじゃく》の中、乾《かわ》いたクリック音が二度三度、そして、

「あ、リモコンの電池入れ替《か》えるの忘れてた」

「かかれーっ！」

憤激《ふんげき》した覆面たちは床《ゆか》に捨てた銃《じゅう》を次々に手にし、発砲《はっぽう》した。

「きゃーっ！」

のえるは銃弾《じゅうだん》の雨の中で踊《おど》った。

「伏《ふ》せて！」

健太はシャイニィの身体《からだ》を押さえ込み、車輛の陰《かげ》に倒《たお》れ込んだ。

コンマ一秒遅れて、火の玉。

覆面が投げつけた火炎瓶《かえんびん》が車輛に当たって炸裂《さくれつ》。

シャイニィが立っていた場所はたちまち炎《ほのお》に包まれた。

「ごめん、大丈夫？」

のしかかったカタチになった健太は身を起こすと、手をさしのべた。

シャイニィは手を受け取り、上半身を起こした。

そして、訊《たず》ねた。

「なぜ、助けた？」

まっすぐに健太を見つめて。

「な、なぜって……」

健太は困った。

灼《や》けた空気が頬《ほお》を熱する。

シャイニィの瞳《ひとみ》に炎が映って、燃えていた。

（どうしてそんなことを知りたいんだろう……）

彼女は健太の答えを待っていた。

一心なまなざしで、待っていた。

器用に表情が作れるほうではない彼女の感情を、顔から読みとるのは難しい。

にらんでいるわけでも訴《うった》えているわけでもなく、ただ純粋《じゅんすい》に健太の目を見つめている。

それだけなのに、縫《ぬ》い止められる。

健太は視線を動かすことができず、シャイニィを見つめていた。

すぐ近くのはずなのに、銃撃《じゅうげき》の音がひどく遠い。

頭の奥《おく》がぼうっとなって、現実にいるような感じがしない。

すごくきれいだ、と思った。

女の子の美しさは、顔のつくりとか、言葉遣《づか》いとかじゃなく、純粋な気持ちの見えた瞬《しゅん》間《かん》にわかるのかな、と思った。

(な、何を考えてるんだ、僕は)

慌てて、気を戻《もど》す。

ほんの一瞬《いっしゅん》が数十秒にも思えて、健太は首を振《ふ》った。

シャイニィは待っていた。

こういう時に格好の良いことを言うのが男だろう、と思ったのだが、

「り、理由を聞かれても、わかんないよ……」

思ったままを答えることしか、できなかった。

「……ケンタには私を助ける理由がない」

「理由？」

「ケンタにはノエルがいる。私を助けても何も手に入らない」

そんなことを真剣《しんけん》な顔をして言うシャイニィに、健太は切なくなった。

彼女が育ってきた環境《かんきょう》はどんなものだったのか。そういう風にしか発想できないところへ彼女を追いやってしまったのは誰《だれ》なのか。考えれば考えるほど、健太はやるせなく、そして悲しくなった。

「そんなの関係ないよ」

健太は彼女の肩《かた》に手を置き、力をこめて言った。

「お姫《ひめ》さまでもそうでなくても、シャイニィはシャイニィだよ」

「…………」

いまだ消えない炎が、彼女の頬を赤く照らしていた。

……とまあ、ちょっといい雰囲気《ふんいき》のすぐそばでは、怒《いか》り狂《くる》ったのえるがＭＬＲＳを盾《たて》に応戦している。

「やったわねえ～っ！」

ひたすらに機関銃《きかんじゆう》を乱射していた。

そんななりゆきまかせの戦いを終わらせたのは、一発の閃光弾《せんこうだん》だった。

戦場に投げ込まれたそれは音と光の爆発弾《ばくはつだん》だ。殺傷能力はゼロだが、激しい光や音を浴びると人は身動きができなくなるという性質を利用して、その間に相手を制圧する。

目もくらむような光のほとばしりに、戦闘《せんとう》が止《や》み、その隙《すき》をつくように、空に落下傘《らつかさん》の花が咲《さ》いた。

さらに上空には一機の輸送機が飛んでいた。花を撒《ま》いているのはそれだ。

迷彩服《めいさい》に身をつつんだ兵士たちは、着地するなり即座《そくざ》に戦闘態勢へ移行する。

日本というものを相当ナメているのか、自衛隊でない兵士たちの登場に、覆面《ふくめん》の男たちはたちまちホールドアップした。

無力化、突撃《とつげき》、制圧。

教科書のようなアクションで、たちまちに暴徒は鎮圧《ちんあつ》された。

「シャイニィは無事か！」

迷彩服を着ながらも、明らかに他の者とは違《ちが》うオーラを放つ男が現れた。

兵士たちの呼び声が、**アルリオン**と言っていた。

身につけている服だけで、彼女とおなじアルカンタラの王族だとわかる。

女性のように長い髪《かみ》は銀色。整いすぎた顔立ちは、ただすましているだけで鋭利《えいり》な刃《やいば》のような冷たさがある。顔で人を判断してはいけないが、笑みを浮かべても、どこか不釣《ふつ》り合いなのだ。

とってつけたような薄い皮のように見えて。

「兄様？　アルリオン兄様？」

ひときわ大きなシャイニィの声に健太は驚《おどろ》いた。

見たこともないような笑顔《えがお》をシャイニィが見せたからだ。のえるに見せたような表情に近い。いや、それ以上かも。

「怪我《けが》はないか、シャイニィ」

「はい」

たとえるなら待ちかねた恋人《こいびと》の元へ駆《か》け寄るような可憐《かれん》さ、そんな可憐さを放ちながら、シャイニィは彼のもとへかけよった。

「お兄さまこそ、どうして」

「強硬派《きょうこう》がお前を暗殺しに日本へ向かったと聞いてな、矢もたてもたまらず、飛んできたのだ」

その言葉を聞いた途端《とたん》、シャイニィはうつむいてしまった。

「………」

髪《かみ》の毛に隠《かく》れて表情は見えないが、耳の先まで赤くなっている。

健太は気づいた。

（お兄さんのことが好きなんだ……）

まてよ、と思う。

（お兄さんのことが好きなら、なんで紋章《もんしょう》を捨てたりしたんだろ）

そのまま結婚《けっこん》しちゃえばいいのに。

健太がそんなことを思うそばで、シャイニィは耳をぽっぽと赤くしながら、うつむいた顔を上げられずにいる。

その紅潮を破ったのは、アルリオンの一言だった。

「獅子《アル・ガ・ハウ》の御魂は？　獅子《アル・ガ・ハウ》の御魂は無事か？」

「あ……はい」

彼女の声が、こわばった。

「そうか、無事か」

「は、はい」

力無くうなずく。

(え……?)

健太はシャイニィが彼の質問を聞き間違《まちが》えたのかと思った。

だからそれを教えてあげようと口を開きかけたのだが、首を上げた彼女の横顔を見て、そうではないことを知った。

彼女は、表情のない顔でうなずいていたのだ。

うつむいていた時の紅潮のしるしは、どこにもない。

南国生まれにしては変わった、色素の薄《うす》い肌《はだ》がそこにはあった。

しかし、アルリオンは彼女の変化に気づく様子もなく、まったく別の気を回した。

「強硬派がまた襲《おそ》ってくるかもしれない。ホテルに兵を回そうか」

「大丈夫《だいじょうぶ》です。心配には及《およ》びません」

アルリオンは自嘲《じちょう》気味に笑った。

「それもそうだな。大臣どもにしてみれば、連中も私も同じようなものか」

「いえ、そんな……」

「気にするな。お前を担ぎ上げている大臣どもにしてみれば、今回の事件とて私の自作自演ぐらいに考えるだろうさ。強硬派を自分たちの手で始末することを名目にお前のそばに兵を置こうとしているとかな」

「私は……」

「大臣どもはそう思っているさ。あいつらは隙《すき》あらば私を処刑《しょけい》する口実を探しているからな。そういう手合いは、相手も自分と同じことを企《たくら》んでいると思うものだ」

そう言うと、アルリオンは妹の肩《かた》に手を置いた。

「気にするな。しばらく我慢《がまん》すれば終わる。私たちが結ばれれば無益な争いを終えることができるのだ」

「……はい」

兄の優しげなまなざしに、シャイニィは薄い笑みを戻《もど》すだけだった。

♣

（どうしてウソをついたの……？）

聞くことができないまま、別れてしまった。

「さよなら」「また明日」

そんな挨拶《あいさつ》しか交《か》わせず、シャイニィと別れてしまった。

健太には後悔《こうかい》があった。

自分にもできることがあったはずなのに、気づかないふりをしてやりすごしたような後味の悪さ。そんな気持ちを健太は引きずっていた。

隣《となり》では、アルリオンの副官がのえるに謝罪をしていた。

孫ほどの相手に対し、恭《うやうや》しく頭を下げるオルトロスはいかにも執事然とした男だ。

「国籍《こくせき》不明の領空侵犯《しんぱん》機って、あんたたちのことだったのね」

アルリオンは謝った。

「申し訳ありません。大臣一派に敵対しているもので。正規のルートを使っては日本に向かったことが知られてしまうのです。そこで失礼を承知で、極秘《ごくひ》に潜入《せんにゅう》させていただきました」

「領空侵犯しても、日本なら撃墜《げきつい》されないって読みもあったんでしょ？」

「日本の人は世界のどの国よりも平和を愛する人たちだとうかがっていますので」

「言うわね」

不敵な笑みを浮《う》かべるのえるは右手を差し出した。

握手だと気づいてアルリオンは応じようと右手を出すのだが、とっさに左手を出しなおす。

「？」

おや、と思ったが、のえるはあまり深く考えずに左手で握手した。

帰りの車の中で、健太が言った。

「――だけど、兄弟で戦わせて生き残った一人が王になれるなんて、めちゃくちゃな制度だよね」

「生まれた順番で王位が決まるより公平な決め方なんじゃない？」

「えぇーっ⁉」

「あはは、冗談《じょうだん》よ」

「笑えないよ……」

「ま、確かに石器時代みたいな制度だとは思うけどね。でも、あっちの国じゃ国民あげてのお祭りみたいなものなのよ。強き王様ばんざーいみたいな感じで」

「ホントに石器時代みたいだね……」

健太は納得《なっとく》いかない様子だ。暗い顔をする。

「あ、いや、健ちゃんが思ってるほど悲惨《ひさん》なものじゃないのよ。年がら年中内戦状態とか、町は地獄《じごく》絵図とかそんなんじゃなくて。ほら、さっきだってさ、お兄さん軍のほうは実弾《じつだん》を使ってなかったでしょ？」

「あ、そういえば」

「所詮《しょせん》は身内の争いだし、内輪揉《も》めで国が弱くならないよう、ちゃんとルールがあるのよ」

「どんな？」


「殺してもいいのは王族だけ、とか」


「ダメじゃん！」

「タッチされたら負け、とかいうルールにして、負けた人はユーレイ王族とかいうことにして実際は生き残れる、みたいな制度にすればいいのにね」

「ホントだよ～～」

真剣《しんけん》な顔で健太はうなずくので、のえるも相づちをうった。

（ま、そんな制度にしたら、死んだふりして相手の寝首《ねくび》を掻《か》くような裏技を使う悪党が現れるから、すぐに元のシンプルな命の取り合いに戻《もど》るだけなんだけどね）

と、のえるは思ったが、健太に言ったらショックを受けるだけだろうから、黙《だま》っておくことにした。

心の底から悪い人なんてどこにもいない、なんて本気で思っているような。

そういうところが、好きなのだ。


いっぽう健太は窓の外を流れる景色《けしき》を見ていた。

いや、本当は目に入っていない。

暗闇《くらやみ》に浮《う》かぶのはシャイニィが見せた最後の表情だった。

お兄さんが助けに来てくれたことに感激していた彼女。顔もあげられず、耳の先まで真《ま》っ赤《か》にして。

なのに、獅子の御魂《アル・ガ・ハウ》のことを聞かれた途端に、いつもの表情に戻った。

不機嫌《ふきげん》なのかそうでないのかさっぱりわからない薄《うす》い表情。

健太が知っている普段の表情。なのに、ひどく悲しげに見えて。泣いているように見えて、うかつな言葉をかけたらホントに泣いてしまうような気がして、聞けなかった。

二人を乗せたリムジンは、橋を渡《わた》って市内に入り、川べりを進んでいる。

夕暮れ、彼女と二人で歩いた川べりに。

（ああ――！）

そうか、と気づく。

「のえる、僕《ぼく》はここで降りるよ！」

健太が思いだしたように叫《さけ》んだ。

「どしたの健ちゃん？」

「ちょっと、忘れ物を思いだして」

そう言って健太は車を飛び出していった。

♣

翌日。

転校生としてやってきたシャイニィにあるものを見せるため、健太は彼女を屋上へと呼び出した。

「見せたいものって？」

健太が取り出したのは、捨てたはずの紋章《もんしょう》だった。

その瞬間《しゅんかん》、シャイニィの小さな顔が凍《こお》りついた。

「…………」

伏《ふ》せた睫毛《まつげ》が、小刻みに震《ふる》えている。

「これ、大事なものなんだろ」

「いらないって……言ったのに」

「だって、お兄さんに持ってるって言った」

「ウソだ。いつもの」

言い捨てると背を向け、シャイニィはその場を立ち去ろうとする。

その手を健太はつかんだ。

「ウソじゃない！　シャイニィはウソなんかついてないよ！」

「違《ちが》う、私はウソつきだ」

「ホントのウソつきは、ウソをついて苦しくなったりしないよ」

シャイニィは驚いた。思わず健太を見つめ、すぐにそらせた。

「私は……健太も騙《だま》した」

うわずった言葉が、混乱した感情を抑《おさ》えつけているようにもとれる。

まるで見えない檻《おり》に自分を押《お》し込めようとしているような痛ましさを感じて、健太は言葉を振《ふ》り絞《しぼ》った。

「確かめるためにだろ」

「ケンタ、怒らないの？　せっかく探した物なのに、私は感謝ひとつしないで」

「シャイニィは、紋章なんかなくても好きだって、お兄さんに言って欲《ほ》しかったんじゃないのかな？　違う？」

　とっさに彼女は答えることができなかった。

　しばし間を置いて、つぶやく。

「でも……持っているとウソをついた」

「怖《こわ》かったんだよ。捨てたなんて言ったらお兄さんに嫌《きら》われるかもしれないから」

「ケンタ、それは違う」

　兄さまは私を愛してなどいない、とシャイニィは言った。消え入りそうな声で。

　口にするだけでつらいのだろう。そう思うと健太は言葉が出てこなかった。

「そんな言葉を言われたことなど一度もない」

　だからケンタは勘違《かんちが》いしている、と彼女は続けた。

「言われたのは、共に王になろうということだけ」

「だから紋章をなくしたままにして、お兄さんの気持ちを確かめたかったんだよね」

「………」

　シャイニィは今にも泣き出しそうなぐらいに顔を歪《ゆが》めると、キッと唇《くちびる》を嚙《か》んでうつむいた。肩《かた》を震わせながら、つぶやく。

「——やっぱり私はウソつきだ」

健太は首を横に振った。

「違うよ。シャイニィはウソつきなんかじゃないよ。気持ちとは反対のことを言ってるだけで、まっすぐな気持ちをいつも口にしてるよ」

「…………」

シャイニィは何も言えなくなった。

瞳《ひとみ》の縁《ふち》にじんわりと涙《なみだ》が浮《う》かびあがるのを彼女は自覚した。けれど、悲しいわけでもないのにどうして涙が出るのか、皆目《かいもく》わからなかった。

ただ、胸の奥《おく》が熱くなっている自分を感じた。

「……そんなこと、言われたの、初めてだ」

「ごめんね、キツイことを言ったかもしれないけど」

健太は手にしていた紋章を、再びシャイニィに握《にぎ》らせた。

「余計なお節介《せっかい》かもしれないけど、これを捨てたって何の解決にもならないよ。こういうやり方で相手の気持ちを確かめるのって、よくないと思うし」

「うん、ケンタの言うとおりだ」

「うるさいこと言ったよね」

「ううん、ありがとう。ケンタはやっぱりノエルが選ぶだけの人」

「だから違うって。婚約《こんやく》はのえるの冗談《じょうだん》なんだから」

「冗談？　本当の話ではないの？」

「そんな約束した覚えないよ」

「そうか」

シャイニィはひとりごちるようにうなずいた。

うつむいて、彼女の頭が髪《かみ》の毛だけになる。耳だけがちょこんと飛び出している。

その耳が、桜色《さくらいろ》に色づいていた。

「余計なお世話ついでに言うとさ、好きなら好きってちゃんと言わないと、相手に伝わらないんじゃないかな」

「わかった」

彼女はこくりとうなずくと、健太をまっすぐに見つめた。

「好き」

「えっ」

「結婚《けっこん》しましょう」

第3章 日本経済、崩壊

『夕食は家族揃《そろ》って食べる』がモットーの長谷川家では、お風呂《ふろ》は父親が帰ってくるまでに済ますことになっている。

「どうしよう……」

湯船にどっぷりとつかり、顔だけをちょこんと出した健太は、屋上での出来事を思い出していた——。


「け、結婚って……」

シャイニィのプロポーズに、健太はしどろもどろになった。

秋の日差しは柔《やわ》らかく、空の色も薄《うす》い。

肌《はだ》をなでる風がやたらと冷たく感じるのは、冬が近いせいだろうか、それとも自分が熱くなってるからなのか。

自分を見つめている彼女の目はひたむきだ。一途《いちず》に答えを待っている。

緊張《きんちょう》に耐《た》えきれなくなって、健太はおどけた。

「ま、またあ〜。ウソなんでしょ？」

「ウソはやめた。ケンタにウソをつく必要はないから」

長谷川健太という人間を疑う必要は、もうないから。

「アルカンタラはいい国です。共に治めましょう」

「だ、ダメだよそんなの！」

「婚約はウソだったのではないですか？」

「えっ？　いや、うん、そうだけど、でも……」

健太はとっさに何かを言いかけたのだが、言えなくて、口ごもる。

「私ではダメか」

「そうじゃなくて！　昨日の夕方知り合ったばかりなのに結婚とかそういうのって早すぎだよ！　シャイニィのことよくわかんないのに、いいもよくないもないじゃないか」

「デートか」

「そうそう、そういうのだよ」

「しよう」

「えっ」

健太は自分が口走ってしまった言葉の意味に気づいた。手遅《ておく》れだったが。

「明日、土曜日、10時に校門前、いい？」

健太は思った。

「順序が逆な気がする……」

そんなことがあって――、
（まあ、どんな頼《たの》まれ方されても断れなかっただろうケド……）
押《お》しには弱い性格である。
健太は意味もなく、お湯をちゃぷちゃぷ言わせながら、思った。
（あの時、僕《ぼく》はなんて言おうとしたのかな）
婚約《こんやく》はウソなんでしょ、と言われた時――。
『えっ？　いや、うん、そうだけど、でも』
でも……。
のえるの作り話はたとえウソでも――、
と、そんなことを考えていると、
「たっだいまー」
明るさ120％の声で、のえるが帰ってきた。

「健ちゃんは？」

「お風呂《ふろ》よ」と、母。

「じゃ、あたしも入っちゃおかな」

「出る！　いま出るよ！」

ざばあ、と湯船から立ち上がった健太は、慌《あわ》てて風呂場を飛び出した。

いっぽう、のえるは洗面所の扉《とびら》を開けていた。

遭遇《そうぐう》。

のえるはタオル一枚も身にまとわない姿の健太を、見た。

「うわ、大胆《だいたん》アプローチ」

「違《ちが》うーっ！」

健太は慌てて湯船に飛びこんだのであった。

「健ちゃんも、そういうお年頃《としごろ》になったか……」

「だから違うって言ってるだろー！」

タオルで髪《かみ》をふいている彼女はカラカラと笑いながら、まだ風呂上がりの上気の抜《ぬ》けきらない身体《からだ》をパジャマで包んだ姿で、椅子《いす》に腰掛《こしか》けた。

健太の部屋の。

「なんで僕の部屋にいるの？」

「え……健ちゃん、あたしの部屋に来たいの？」

「だーっ！　そういう意味じゃなくてさ！」

顔を真《ま》っ赤《か》にして立ち上がる健太。

「健ちゃん、今日は大胆ね」

面白《おもしろ》がって恥じらってみせるのえる。

「だから、なんで自分の部屋があるのに、僕の部屋にあがりこむのさ」

「だって、せっかく家族で住んでるのに、部屋で一人ぼっちになるのって寂《さび》しくない？」

「個人の時間を大切にしようよ……」

そうなのだ。

二人の親同士が友達という関係から、海外にいるのえるの両親に代わって、彼女は健太の家で預かることになっている。

（総理なんだから、官邸《かんてい》に住めばいいのに……）と、健太は思うのだが。

なぜかのえるは居候《いそうろう》を続けている。

「明日、昼過ぎには会議が終わるからさ、どっか遊びに行かない？」

「え……、明日はダメなんだ」

「あ、そなんだ」

たった一言であっさり引き下がられてしまったので、健太は肩《かた》すかしを覚えた。

誰《だれ》と遊ぶ約束したの？　とか、あたしも仲間に入れなさいよ〜！　とか言われると思っていたからだ。

（詮索《せんさく》されずに済んでよかったけど……）

と思う反面、なにか居心地が悪い。

付き合ってるわけじゃないんだから、別の子と会うのをいちいち教える義務なんてないのだけれど、なぜか、

「明日はシャイニィと遊ぶ約束をしてるんだ」

わざわざ自分から話を振《ふ》ってしまった。

「へえ。明日は天気いいって言うし、いいんじゃない」

「いいの？」

「……そっちが先約なんだし、しょうがないわよ」

あまりにも淡泊《たんぱく》な反応に、
ちょっとがっかりした健太だった。

♣

自分時間というものを持っている人間がいる。

日本標準時とズレた時間感覚を持っている人間だ。

たとえば10時の約束で、10時を目指して行動する人間は間違《まち》いなく遅刻《ちこく》する。

心の中で「ちょっとぐらい遅《おく》れても大丈夫《だいじょうぶ》だろ」というゆるんだ意識を持っているので、10時10分に着こうと30分に着こうと、自分時間ではだいたい10時ということで収まってしまうのだ。

心の子午線が兵庫県明石《あかし》市よりも西を走っているわけである。

さて、当の長谷川健太の子午線は北海道のあたりを走っていた。

9時半には校門前にいた。

馬鹿がつくほど几帳面《きちょうめん》な性格だった。

とはいえ、出《い》で立ちはフード付きのジャンパーにGパン、そしてスニーカーと極めてそっけない。まるで男友達と遊びに行くような格好だ。

(何があるかわからないしね……)

デートと言っても、あっちの常識のデートである。

赤信号を渡《わた》れとか、大盛りどんぶりを30分以内に食べろとか、バンジージャンプ10連発とか、むちゃな内容であることは充分《じゅうぶん》に想像できた。

いつどこで全力疾走《しっそう》してもいいような服装。ちゃんと多めに準備してある予算。そして、(無事に生きて帰れますように……)という祈《いの》り。

そういう方向性でデートに臨んでいた。

だからまあ、現れたシャイニィを見て健太は驚《おどろ》いた。

すごく普通の格好をしていたからだ。

健太は、自分の前に立っている少女がシャイニィだとわからず、目を白黒させた。

普通というのは、日本人の自分から見て普通であって、アルカンタラ王国では変わった格好ということになる。

自分と合わせるために、昨夜のうちに準備したのだろう。

健太があまりにまじまじと見つめるので、彼女はそれを別の意味に取ったようだ。

「ま、間違ってるか……?　この格好は」

真剣《しんけん》な顔で聞いてくる。

「いや、すごく普通だから……一瞬《いっしゅん》、シャイニィだとわからなくて」

「そうか、よかった」

シャイニィは胸をなでおろしたようだった。表情に大きな変化はないが、くちびるがにっこりと笑っているのがわかる。

「わざわざ、用意したの？」

「ケンタには、良く思われたいから」

はっきりと言われ、健太はドキッとした。

そして、普段着《ふだんぎ》の自分がちょっと恥《は》ずかしくなった。

「校門前は待ち合わせ場所としてよかった…のかな？」

「ま、まあ、普通は選ばないよね」

休みの日とはいえ、部活とかで登校する生徒はいる。

ひやかしのネタをバラまきたいのでもないかぎり、こんなところを待ち合わせ場所にはフツウ選ばない。

「……ごめんなさい。初めてだからわからなくて……」

「いや、僕《ぼく》も初めてだから」

ハジメテ？

言って、健太はハッとなった。

のえるに誘《さそ》われて二人で遊んだことはこれまで何度もあったけど、いわゆるデートというものをするのは、今日が、

（初めてなんじゃないのか……？）

意識した途端《とたん》、顔が熱くなってきた。

喉《のど》が渇《かわ》くような、頭の奥《おく》がぼうっとなるような感じになって、妙《みょう》な沈黙《ちんもく》を埋《う》めようと口を開いたのに、くちびるがうまく動かない。何を言おうとしたのかもわからなくなる。

そんな健太の高鳴りが伝わったのか、彼女の頬《ほお》もほのかな桜色《さくらいろ》に染まっていった。

「…………」

「…………」

二人して、立ちつくす。

「ど、どうする？　これから」

それはデートで男が決して口にしてはいけない台詞《せりふ》だった。

今日は一日シャイニィのペースで引きずり回されると覚悟《かくご》していたから、スケジュールなんて何も考えてこなかったのだ。

だから、

「日本ではどうするの？」

「シャイニィの国ではどうするの？」

同時に口にする。

ただそれだけなのに、

「あ……」「え……」

二人してうつむいて、赤くなる。

「……ふ、服はシャイニィが合わせてくれたんだから、行きたいところは僕が合わせるよ」

この場所に来るまでは仕方なくそう思っていたが、今は、心の底からそうしてあげたい気持ちになっていた。

「アルカンタラじゃ、デートでどういうところに行くの？」

「そうか、では……」

シャイニィはぼそぼそと健太に耳打ちした。

「～～～っ!?」

赤らんでいた健太の顔がみるみると青ざめた。

どこから出ているのかわからないようなすっとんきょうな声をあげて、

「や、やっぱり日本の流儀《りゅうぎ》で行こうよ！　あは、あははは～～～っ！」

手と足を同時に動かしながら、行進を始めた。

シャイニィは機嫌《きげん》を悪くした様子もなく、

「そうか、ケンタの行きたいところに私も行きたい」

シャイニィは、どんな言葉を口にしたのだろうね。

とはいっても健太である。特に何かをひらめいたというわけでもなく、駅前で映画を観《み》るという無難なところに落ち着いた。

上映まで時間があるので、映画館前のファストフードで時間を潰《つぶ》すことにした。

(食べてれば、話題が途切《とぎ》れても間が持つしね)

そんな計算もあった。

ところが、

「邪魔《じゃま》だよ」

体格の差で、健太が飛んだ。

ぶつかったのは全身に錠前《じょうまえ》やら鎖《くさり》をじゃらじゃらと巻き付けた、顔の怖《こわ》い不良だった。

意味不明なファッションは自分で自分を取り締《し》まっているという安全宣言なのだろうか。

通路が狭《せま》いことにもかまわず、いからせた肩《かた》をすくめることなくまかり通ろうとしたのだから、防犯精神は高くとも視野は狭そうだった。

倒《たお》れた健太は、手にしていたトレイのジュースを頭からかぶってしまった。

「大丈夫《だいじょうぶ》？」

シャイニィがかけよった。ハンカチで拭《ふ》いてあげようとする。炭酸で目を開けられない健太は、赤《あか》ん坊《ぼう》みたいに両手を動かして遠慮《えんりょ》した。

「たいしたことない、たいしたことないから……」

「ちっ、汚《きた》ねえなあ」

男が言い捨てた。その直後、

「死刑《しけい》」

そんな言葉が健太の耳に聞こえた。

薄目を開けると、シャイニィが携帯電話に何かをつぶやいていた。

数秒後、黒髪《くろかみ》、黒メガネ、黒スーツという非常にわかりやすい出《い》で立ちをした男たちが店内に現れ、左右から鎖野郎《やろう》をはがいじめにすると、そのまま外にあった、黒塗《くろぬ》りのライトバンに押《お》し込め、走り去っていった。

「………今のって」

思わず、健太はシャイニィをうかがった。

「安心して。ケンタは私が守るから」

やっぱり……。

健太は暗澹《あんたん》たる思いに倒れそうになった。片手を床《ゆか》についてシャイニィに訊《たず》ねる。

「そうじゃ、なくて、さっき僕《ぼく》にぶつかった人……」

「安心して。ちゃんと処刑場《しょけいじょう》へ送ったから」

「処、処刑場⁉」

「アルカンタラでは、罪人は町の広場でギロチンに掛けられることになっている」

「ギ、ギロチン⁉」

「知らないのですか？　でっかい包丁が落ちて首が飛ぶ……」

「そういう意味じゃなくて！　なんでこんなことで死刑になるのさ！」

「安心して。ケンタは私が守ります」

「不安になるよ！　死刑なんて勝手にやっていいと思ってるの⁉」

「私は治外法権だから」

「治外法権？」

わからない言葉が出てきたので、健太はあの本――長谷川健太という歴史に万引きという輝《かがや》かしい汚点《おてん》を刻んだあの本をめくった。

治外法権。

外国で悪いことをするときに必要なもの。

法律に縛《しば》られない物、あるいは人のこと。

外国人は所属国の法律で裁かれるべきであり、現地の国の法律で裁くことはできないという考え方。

その昔、欧米人《おうべい》がアジアアフリカでやりたい放題をするために考えついた概念《がいねん》だ。

一見、理屈《りくつ》が通っているように見えるが、アジアやアフリカの人間が欧米で罪を犯すと容赦《ようしゃ》なく欧米の法律で裁かれた。あまりに強引な概念なので、さすがに戦後は否定されたが、国家元首、王族、大臣、大使館員など、外交に携《たずさ》わる一部の人間には現在でもその権利が認められている。

日本ではもっぱら罪を犯したり、スパイが発覚した外国人が、合法的に成田空港から出国するために使われている。

「ひ、ひどい……」

「さ、デートの続きをしましょう」

シャイニィの善意はこれだけにはとどまらなかった。

バスの行列に横入りするおばちゃんに、

「死刑」

電車のシルバーシートに座る若い男に、

「死刑」

車道が混んでいるからといって歩道にスクーターを乗り上げる高校生に、

「死刑」

その度に、シャイニィは満足げな笑《え》みを浮《う》かべていうのだ。

「安心して、治外法権だから」

「捕《つか》まった人は死刑なんだろ〜っ！」

（もう行列も乗車もできない！）

そう思った健太は、シャイニィの手をつかんでゲームセンターに飛びこんだ。

（ゲームなら大丈夫だよな……）

人がいても他人と接触《せっしょく》するわけではないから。

なんでもいいやと健太が選んだのは対戦格闘《かくとう》ゲームだった。

負けた。

勝った相手は。

「死刑《しけい》」

「ど、どこ連れていくんだよ！　うあああああああ」

消えていく悲鳴。

そしてシャイニィは誇《ほこ》らしげに。

「安心して、治外法権だから」

「これは違《ちが》うだろ！　どーみても違うだろ!!」

不注意にゲームを選んだ健太にも責任はありそうだが。

「そ、そうなのか？　ごめんなさい……」

悪気はなかったのだろう。健太が眉《まゆ》を吊《つ》り上げるほどの怒《いか》りを見せたことに、シャイニィは驚《おどろ》き、子供のようにしょげてしまった。

しゅんとなる姿が、捨てられた子犬のように所在なげで痛ましい。

健太のほうがすぐに耐《た》えられなくなってしまった。

「き、気にしないで。僕《ぼく》もちょっと言い過ぎたかなって。シャイニィも日本の流儀《りゅうぎ》に慣れろって言われたってすぐには無理だし、僕のためにしてくれたのはわかってるからさ」

「許してくれるの？」

上目遣《うわめづか》いでシャイニィが訊《たず》ねた。子供のようだ。健太は励《はげ》ますように両手を振《ふ》った。

「大事なのはこれからだから」

「わかった。気をつける」

「おら、どけよ！」

チンピラが健太にぶつかった。

ぷちん、とシャイニィの神経が切れる。

「死刑」

連れていかれた。

健太は悲鳴をあげた。

「ひ、人のいない所へ行こう！」

一時間後、健太は飛行機の中にいた。

（なんでデートで飛行機に……）

もはや尋《たず》ねるだけ無駄《むだ》な、そんな気持ちで健太は隣《となり》の席につくシャイニィを見た。

彼女は窓の外に小さな顔を向けながら、眼下の景色《けしき》に目を見張っている。

わぁ、と声をあげるとか、ぱあっ、と笑顔を浮かべているわけでもなく、表情は相変わらず変化に乏《とぼ》しいが、窓にひっついてしまいそうなほど顔を近づけて外を見ている姿に、健太は彼女が少なからずうきうきしてるんじゃないかな、と思い、話しかけた。

「北海道はユキが降ってるのだろう？」

彼女は答えた。

「ユキ？　ああ、雪ね。山のほうはもう降ってるんじゃない？」

「楽しみだ」

小さく微笑《ほほえ》む彼女を見て、

なんかかわいいな、と思った。

♣

二人がやってきたのは、まだシーズンイン前のスキー場だった。

ふわふわとした粉雪は、踏《ふ》むとムースみたいにひしゃげる。

雪を見るのが初めてのシャイニィはそれが面白《おもしろ》く、新雪の上をぱたぱたと走っては足跡《あしあと》をつけて遊んでいた。

あんまりはしゃぐと滑《すべ》って転ぶよ、と健太が注意した矢先に、転ぶ。

「転んでも、痛くない」

そう言ってシャイニィは笑《え》んだ。

「痛くないけど、冷たいだろ」

健太がさしのべた手を取って、立ち上がる。

雪の中に、大の字に広げた手や、くっきりとついた尻餅《しりもち》の跡が残った。

白い雪に刻まれた滑稽《こっけい》な痕跡《こんせき》を見て、くすりと、彼女は笑った。

その微笑《びしょう》を、健太は見逃《のが》さなかった。

「いま……笑った」

「私だっておかしければ笑う」

不本意だ、と言わんばかりの顔をしてシャイニィは健太を睨《にら》んだ。

照れているようにも見えた。

「ご、ごめん、そんなことに驚いちゃって……」

「冷たいけど、暖かい」

「確かに転んだら冷たかった。けど、ケンタの手は暖かい……」

「?」

彼女を起こそうとさしのべた手は、いつの間にか彼女のほうが強く握《にぎ》りしめていた。

手のひらの微熱《びねつ》は、健太も感じていた。

女の子の手って、こんなに柔《やわ》らかかったのかな、と気づく。

のえると何度でもつないだことがあるはずなのに意識したこともなかった。

シャイニィは瞳《ひとみ》の中に健太を映しながら、つぶやいた。

「不思議だ……。こうしてると、本当に好きになってしまいそう」

「えええええええっ!?」

健太は慌《あわ》てて飛び退《の》いた。

「私では、ダメか」

「ご、ごめん!　そうじゃなくて」

自分も似たようなことを思っていたから、焦《あせ》ったのだ。

(なんていいかげんなんだろう……)

のえるのことを気にしていたはずなのに、ちょっとしたきっかけぐらいで、別の女の子にどきどきしてしまうなんて。

「ホントに好きな人がいるんだから」

「ノエルのこと？」

「違《ちが》うよ」

ある意味違わないが。

「今更《いまさら》のえるにいくら誤解されたところで僕《ぼく》はかまわないけど、シャイニィは困るだろ。お兄さんに勘違《かんちが》いされたらさ」

「かまわない」

「いいの!?」

「だって、兄様は私を何とも思っていないから」

静かにつぶやいたシャイニィの言葉に、健太は返事ができなくなった。

――好きな人は好きでいてくれないかもしれない。

そのことに心を及《およ》ばせた途端《とたん》、健太は自分はシャイニィに立派なことが言える資格がないような気がして、ごめん、と言うのが精一杯《せいいっぱい》になった。

「ヨーロッパにもノブレス・オブリッジという言葉があると聞きます」

ややあって、シャイニィはそんな言葉を口にした。

「のぶれす・おぶりっじ？」

「身分の高い者は、それに応じた義務があるという意味です。日本にも似たような言葉はないですか？」

「武士道、とかいうヤツ？」

実はよく知らない。ただの思いつきで言っただけだ。

「王族たるもの、民のために命を捨てる覚悟《かくご》、常に強くある努力、私心を捨てる気質が必要だと言われています。そのために私たちは戦いで王を決めるのです」

「だからって殺し合いは……」

「我が身が危《あや》うくなったら、財産を持って逃《に》げだす王を尊敬できますか？

我が国にはそのような王はいません。

我が身より家族より民を愛《いと》おしむ。戦いで王を決める制度は、その覚悟を示すための、王から民への誓《ちか》いなのです」

「それは……そうかもしれないけど……」

「外国の人に言われるほど、野蛮《やばん》なしきたりではないのです」

シャイニィはまるで独り言のように喋《しゃべ》り続けた。

それは、健太を納得《なっとく》させるための言葉であったが、健太には彼女が自分自身を納得させるためにつぶやいた言葉のように聞こえた。

初めて二人きりになった時のような、ひどく表情の薄《うす》い横顔。

そんな顔をして、ぽつりぽつりと話す彼女を見ていると、彼女は事実を言っているだけで、気持ちを口にしてるわけじゃない、と思えたのだ。

檻《おり》に自分を閉じこめようと――。

だから、聞いた。

「シャイニィはどうなの？」

「え……」

「シャイニィはそのしきたりに従って、お兄さんとかお姉さんと戦いたかったの？」

「わ、私は――」うつむく。

「のえるに聞いたよ。自分から兄弟を倒《たお》しに行ったことは一度もなかったって。のえるとは変な約束したけど、シャイニィは全部相手から攻撃《こうげき》されて、やむなく反撃《はんげき》しただけだって。コックの話もウソだっていうじゃないか」

懸命《けんめい》に健太は訴《うった》えた。うつむいた彼女の顔を上げさせようと言葉を継《つ》いだ。

けれど返ってきたのは、小さく首を振《ふ》る、拒絶《きょぜつ》だった。

「死なせてしまったことには……変わりない」

「そうやって自分を悪いふうに考えていくの、よくないよ！」

　健太はあきらめなかった。

「自分を悪いふうう悪いふうに追いつめてくと、自分はダメな人間なんだって思えて、何にもできなくなっちゃうんだよ」

「……………そう、なの？」

　うつむいた顔から声が聞こえてきた。

「……僕は、そうだったよ」

「ケンタも？」

　シャイニィは健太を見た。

「うん。だからシャイニィに偉《えら》そうなことは言えないんだ。僕もそうだから」

「ううん、ケンタは違う。私に力をくれる」

「受け売りだよ。僕が落ち込んでた時に言われた言葉」

「どうしたらいいって、言われたの？」

「開き直れって。自分の力じゃどうにもならないものまで背負《しょ》い込んで身動き取れなくなるより、今の状況《じょうきょう》をずるがしこく利用することを考えろって」

するとシャイニィは視線を落とした。がっかりさせたのかな、と思う健太。そうかもしれない。彼女が抱《かか》えている悩《なや》みは自分ひとりのことを考えていればいい健太の悩みとはスケールが違《ちが》う。

でも、ここで黙《だま》り込んだら、彼女は救えない。

健太は持てる脳細胞《のうさいぼう》をフルに動かして、言葉をつないだ。

「しきたりだから、思うようにはならないけどさ、考え方を変えてみるんだよ。ポジティブに」

「ポジティブに？」

「例えば、んーと、順序は逆になっちゃうけどさ、好きだったお兄さんと結婚《けっこん》できるわけだしさ。愛は後から育《はぐ》むことにするんだよ。何年計画とかで頑張《がんば》ってみるとか」

自分でもむちゃくちゃを言ってると思った。無責任なことを言い過ぎてると思った。

案の定、シャイニィからの返事がなかった。

（ああ、やっぱり――）

健太は空を仰《あお》ぎ、自分の知恵《ちえ》のなさを後悔《こうかい》した。

だが、

「私にも……、できるかな？」

おずおずと、彼女は訊《たず》ねてきた。

「できる、できるよ！」

「私もできるなら、考え方を変えてみたい」

「そうだよ！」

うん、とうなずいて、彼女は言った。


「結婚しましょう」


「全然変わってないじゃないか〜っ！」

黄金の健太つっこみが炸裂《さくれつ》した。

何をどういう思考経路で彼女はそういう結論にたどりついたのだろうか、シャイニィは極めて真剣《しんけん》な顔をして、つぶやくのだった。

「ケンタとなら幸せになれそうな気がします……」

「好きでもない相手と結婚できるの⁉」

「私はケンタが好き」

「そうじゃなくて！」

「ケンタは、私じゃダメ？」

「そうでもなくて！」

お兄さんのことはいいのっ⁉　と、そのままズバリを健太が訊ねると、シャイニィは真《ま》面目《じめ》に、それはもう真面目な顔をして言うのだった。

「私は間違っていました。手の届かないところに愛を求めて自分を不幸だと憐《あわ》れむより、互《たが》いに好きあえる人を選ぶほうが前向きだと……」

「え……、あ……、そういう考え方をしたわけね……」

健太はボロボロに打ちのめされたボクサーのようにふらふらとよろめいた。

彼女は胸の前で拳《こぶし》をぎゅっと握《にぎ》りしめると、ひたむきなまなざしをして訊ねた。

「ケンタは私が嫌《きら》い？」

「そりゃ、嫌いじゃあ、ないけど……」

「じゃあ結婚できます」

「まだ知り合って何日も過ぎてないじゃないか！」

「ケンタ、言いました」

「え？」

「順序は逆になってしまうけれど、結婚してから愛を育めばいい。何年計画で頑張ればと」

「あ……」

「ケンタの言葉、信じたい」

「あう～～～～っ！」

右に、左に、頭を抱えた健太は心の中で七転八倒《しちてんばっとう》した。

切り返す言葉が何も思いつかない。

所詮《しょせん》ほのぼのとした彼の脳では、言葉による戦いに勝利することは不可能であった。

そこへ！

「なーに、勝手なこと言ってんのよ～！」

ものすごく聞き覚えのある声がして、健太は振《ふ》り向く。

そこには、仁王《におう》立《だ》ちの総理大臣がいた。

「北海道の花畑でも見に行ったのかと思ったら、すんごいことになってるじゃないの」

「のえる、どうしてここが……？」

「なんでもどうしても、都心で外国人グループによる連続拉致《らち》事件が起こったりしたら、あたしの耳まで報告が入るわよ」

「そ、そうだよのえる！　捕《つか》まっちゃった人がいるんだ！」

「あ、それは治外法権だから無理」

「あはは、冗談《じょうだん》よ。ていうか、別にひどいことされてなかったし」

「助けないのっ⁉」

「よかった……」

健太はホッと胸をなでおろす。

「よくないわよ」

のえるは獣《けもの》のような眼光を向けた。

「別の人が好きなのに結婚するとか、二人してなにむちゃくちゃな話をしてるのよ」

「いや、それはその……」

「話を聞いて、ノエル」

「さっきから聞いてたわよ」

「聞いてたのかよ……」

それって盗《ぬす》み聞きって言わないか？　と思うのだが口にはしない。

「二人とも冷静になりなさいよ。まったく」

「そ、そうだよね、のえる！　冷静にならないとね」

のえるの言葉にすがる健太。彼の目には、のえるが天使に映っていることだろう。

しかし、当のシャイニィはきっぱりと、

「私は冷静です」

「健ちゃんにプロポーズしてる時点で、冷静さを失ってるわよ」

「どういう意味だよ……」

「だって、健ちゃんはあたしのダーリンなんだもーん」

「だからそれはウソだろ！」

「じゃホントにする？　健ちゃんさえその気なら民法改正したっていいのよ〜」

民法第７３１条
男は、満18歳に、女は、満16歳にならなければ、婚姻《こんいん》をすることができない。

「だーかーらー、僕《ぼく》をからかうために日本をオモチャにするのはやめなって！」

「ちぇっ、民法変えてみたいのになー」

「そっちが主目的かよ」

だが、それではシャイニィは納得《なっとく》しなかった。

「ノエルはどう思ってるんです？」

「へ？」

「ケンタのことです」

のえるに詰《つ》め寄った。らしくもなく張りつめた顔をして。

「ちょ、ちょっとシャイニィ、別にいいだろ、そんな話は」

健太が慌《あわ》てた。

「私は聞きたいです」

「僕は聞きたくないよ〜」

嫌《いや》な答えだったらどうすればいいのか。

しかし、シャイニィはのえるを見つめて離《はな》さなかった。

「健ちゃんをどう思ってるのって……そりゃ……」

ごくり、と健太は息を呑《の》んだ。シャイニィも固唾《かたず》を呑んだ。

そしてのえるがきっぱりと言い切るのであった。

「婚約者《こんやく》よ！」

「だからそのボケはもういいって！」

「では私も婚約者に立候補します」

「あのさ、シャイニィ。結婚とか婚約って大事なことなんだからさ、

「軽々しく口にしないほうがいいと思う」

「キミが言うなよ！」

「私は真剣《しんけん》です」

「だって、健ちゃんより好きな人がいるんじゃない」

「彼を一番愛していればいいんですね？」

するとシャイニィは、そばにいた健太に顔を寄せ、
その頬《ほお》に、口づけたのだった。

♣

アルカンタラでは頬への口づけは結婚前の女性のする最上級の愛の証《あかし》という。

「だからって……」健太は憂鬱《ゆううつ》に顔を曇《くも》らせた。

「どうした？」シャイニィが訊《たず》ねる。

「いくらなんでもこれは……」頭痛のあまり額を押さえる健太。

「私と結婚したらケンタは王。何も不思議なことはない」きょとんとするシャイニィ。

たまらず健太は立ち上がって叫《さけ》んだ。

「だからって教室を改造することはないだろ〜っ！」

二年五組の教室は、アルカンタラ王宮風に改装されていた。

壁《かべ》という壁には色とりどりの幕が飾《かざ》られ、床《ゆか》は細やかな紋様《もんよう》の施《ほどこ》された絨毯《じゅうたん》、その上に生徒たちの座席が並び、教室の奥《おく》にはひな壇《だん》が設《もう》けられ、ちょうど黒板ほどの高さに獅子《しし》の意匠《いしょう》を施した王座と女王座が配置されている。

そしてさくら先生は泣いていた。

「あ、あのう……」

おずおずと先生が手をあげる。

「授業を始めてもかまわないでしょうか〜？」

「かまわぬ、始めよ」

さすがはシャイニィ。仰々《ぎょうぎょう》しい椅子《いす》の上でひたすら身を縮こまらせている健太とは正反対に、女王座にふさわしい威厳《いげん》と傲慢《ごうまん》さをもって言葉を発していた。

「で、では、始めさせていただきますっ」

さくら先生までカチンコチンだった。

授業もこんな感じだ。

「黒船が日本に開国を迫《せま》った理由はなぜだかわかりますか?……、ええと、シャイニィさん」

「なんなのだ?」

シャイニィが優雅《ゆうが》に訊ね返す。

「あ、はい。当時、盛んに捕鯨《ほげい》をしていた米国漁船の寄港地が太平洋の反対側にも必要だったからです」

「なるほど、よくわかった。あなたの授業はわかりやすい」

「あ、ありがとうございます!」

真面目《まじめ》に言い出す先生を見て、

(どっちが生徒かわかんないし……)と思う健太たちだった。

もちろん、そんな目立つことをすれば、気にくわなく思う者も出るのは当然のなりゆきである。

「こんなものがあると、机をどける場所がなくなって練習の邪魔《じゃま》になるんだけど……」

休憩《きゅうけい》時間になり、つかつかとシャイニィに近づいてクレームをつけたのは、案の定、目立ちたがり屋の大鳥宮乃だった。

女王蜂《じょおうばち》を気取る宮乃にしてみれば、本物の登場は気にくわないのだろう、アゴを上げ、見下げるような視線、腰《こし》にあてた手、口調にもトゲがあった。

もっとも本物の王女には、さしたるダメージを与《あた》えた様子もなく、

「練習？　なんのです」さらりと訊ね返された。

「人魚姫《ひめ》、文化祭でやる劇のだよ。僕《ぼく》も出るんだ」

「まあ、何の役で？」

「王子」

するとシャイニィは自分のことのように喜び出し、

「ケンタが王子役をするのに、みっともない芝居《しばい》はさせられない」と、王家御用達《ごようたし》であるパリのデザイナーにさっそく衣装を発注するのだった。全員分の。

すると宮乃もけろりと態度を変え、

「どうせなら、シャイニィもお姫様役で出てみない」と言いだす始末だった。

（ええっ⁉）

思わぬ飛び火に驚《おどろ》いたのは、自分の席に座っていた弥生ほのかである。

机の上には台本がある。短い休憩時間の間にもせっせと台詞《せりふ》を覚えようとしていたのだ。

なのに、

「ちょ、ちょっと、お姫様役は弥生さんで決まってるだろ？」

「あーら、シャイニィさんのほうが話題性もあって面白《おもしろ》いと思うわよ、ねえ矢島」

「ま、そだな」

あっさりうなずく矢島直樹。

（そ、そんなぁ）

背中からボディブローのような会話が次々と聞こえてくる。

どうにかしなくては、どうにかしなくては、とほのかは思うのだが、意気地というものとてんで縁《えん》のない彼女である。文句をつける勇気も、席から立ち上がる覇気《はき》も出せない。

（どうしよう〰〰〰）

ただおろおろとするだけで何の主張もできず、会話のなりゆきを聞くことしかできないほのか。

「そーいう問題じゃないだろーっ」と、口にしたのは健太だった。

しかし、彼は彼で主張をしても相手にされない星のもとに生まれついていた。

二人を置き去りにして、話は進む。

「シャイニィはどうなの？　ねぇ」と、宮乃。

「確かに、予行にはふさわしいストーリーですね」

「よ、予行って？」

「私とケンタの結婚式《けっこんしき》だ」

(えええええ〜っ⁉)

もう、もう我慢《がまん》できない！　止めなくちゃ！

意を決し、ほのかは立ち上がった。

席を立ち、つかつかと向かう。

その先は――。

「お、折原さん」

「なぁに？」

「シャイニィさんがあんなこと言ってるけど……」

(これじゃ、ちくってるみたいだよ〜っ！)

そんな自分を果てしなく情けなく思う、ほのかなのであった。

そして、矢島直樹も話を振《ふ》ってきた。

「おい長谷川、結婚式ってどういうことだよ。折原ん時みたいに、お前がオモチャにされてるだけかと思ったけど、マジなのか？　なぁ折原、どうなってンだよ」

「健ちゃんはあたしを捨てたのよ」

フッ、と瞳《ひとみ》を曇《くも》らせ、さみしげにうつむいてみせるのえる。

いじらしい、というか、かなりわざとらしい。

「……健ちゃんは国王の椅子《いす》に目がくらんだの」

「なんてヤツだ……」

汚物《おぶつ》かケダモノを見るようなまなざしをする直樹。これもかなりわざとらしい。

「二人とも、勝手に話を進めないでよ！」

「だって健ちゃん、あたしの隣《となり》の席を捨てて、そんな特別席に行っちゃうんだもーん」

のえるはわざと健太に背を向ける。

「だってこれはシャイニィが……」

「わ、女の子のせいにするなんて、潔《いさぎよ》くないなー」

「と、とにかく、国王になるとか、そんなつもりはないよっ」

するとのえるは、くるりと振り向き、

「じゃあキス？　キスされたから？」

これには教室中がしんとなった。

「そんなことしたのかよ、長谷川」

「頰《ほお》だよ、頰！」

「したのか……」

（しまった）

健太は自分の愚《おろ》かさを後悔《こうかい》した。

「アルカンタラでは頰への口づけは婚約《こんやく》のしるし。獅子の御魂《アル・ガ・ハウ》を持つ私としたのですから、ケンタはすでに皇太子。迷う必要などありません」

「いや、だからさ……」

「私はケンタを死刑《しけい》にさせたくない」

「えええええええっ!!」

どうやらまた変な決まりがあるらしかった。

「私はケンタに生きていて欲しい」

「そんな理屈《りくつ》むちゃくちゃだよーっ」

「よーするに健ちゃんは、なりゆきに身を任せるタイプなのよねー」

「うっ……」

とどめの一言をのえるにくらった健太はよろよろとふらついた。

それをそっと支えたのはシャイニィだった。

目と鼻の先にいる健太だけがわかるぐらいのかすかな笑《え》みを浮《う》かべて云《い》う。

「なりゆき、いいではないですか。一番自然ということなのですから」

「………………」

しかし、
一途《いちず》な目で見られると、もう、健太は彼女が傷つくようなことを言えなくなる。

「あーあ、あたしも王朝建てるかなー。独立国でも作ってさー」

「これ以上、日本の歴史をむちゃくちゃにしないでよ〰〰っ！」

「歴史……、歴史？」

ぽん、とのえるは手を打った。

「あ、そーか！　あたしにはその手があったか！」

「……また何か始めるの？」

「あたしの愛の強さ、健ちゃんに教えてあげる日が来たようね。ふっふっふっふ」

「なんでそこで悪党みたいな笑い方するのさ！」

来年度から使われる新しい歴史教科書に、以下の記述が追加されることになった。

21世紀に入り、日本にも初の女性首相が誕生した。中学2年生にして総理大臣となった折原のえるはその後50年以上にわたって内閣を存続させ、新しく愉快で面白い日本を建設していった。ちなみに彼女は長谷川健太と結ばれ、末永く幸せに暮らした。

刷り上がったばかりの教科書見本を見て、のえるは感動した。

「歴史が、変わった……」

「変えたんだろ～っ!!」

「て、いうか凄《すご》いよね。実際、教科書に文章を載《の》せてみると、実際の出来事みたいに思えてくるよね……」

「なにしみじみ言ってんだよ！　どこの世界に未来のことまで書いてある歴史があるんだよ！」

「あれ、健ちゃん知らないの？　書いたことが実際の出来事になるってひみつ道具」

「またそのノリか……」

「ますます日本の教科書の信用がなくなる気がする……」

「自分で言うなよ！」

「しかーし、健ちゃんにあたしの愛を伝えるためなら、国内外の批判やバッシングも甘《あま》んじて受けるのえるさんなのよ」

ぐっ、と拳《こぶし》を握《にぎ》りしめて、演歌みたいな泣き方をしてみせる。

「えっ、えっ、僕《ぼく》のせいなの？ 全部僕のせいになっちゃうの!?」

「そうよっ！ 愛よ！ すべて愛のなせる業《わざ》なの！」

「面白《おもしろ》そうだからやってみただけだろ〰〰っ！」

あはははは、とのえるは笑って、動じもしない。

「健ちゃん、あたしたちが結ばれるのはもう歴史なのよ！」

「歴史とか、しきたりとかでむりやり物事を運ぼうとするのはやめようよ〜っ」

そうよ、と登校してきたシャイニィが口を挟《はさ》んだ。

「醜《みにく》い争いはやめましょう。ケンタは誰にも支配されない一人の人間なのですから、日本を出るも出ないも彼の自由です」

「……い、いいの？」

こくり、とシャイニィはうなずき、

「もっとも、婚約《こんやく》を破棄《はき》された私は一生独身を貫《つらぬ》かねばなりませんが」

「えええええーっ！」

シャイニィはゆるぎのない純情を瞳《ひとみ》に浮かべ、

「それでも私はかまいません」

「僕はかまうよ～っ！」

結局、健太が悲鳴をあげるだけだった。

「そうか、人権か……」

またのえるが何かを思いついたようだった。腕《うで》を組み、アゴに手を当て、狼狽《ろうばい》するどころか、むしろわくわくとした顔で、思索《しさく》にふけり始める。

「あのさ……、この状況《じようきよう》を完全に面白がってるだろ、のえる？」

「健ちゃん知らないの？　恋《こい》の駆《か》け引きは女の子最大の楽しみなのよ」

「恋ねえ……」

これのどのへんが恋なんだろ、と思う。

「みなさん、おはようございまーす」

さくら先生が朝のホームルームに入ってきた。

「あ、センセ。あたし早退します」

「え、折原さん、どうして……」

のえるはバッグを肩《かた》にひっかけ、どたどたと扉《とびら》のところまで走るとくるりと振《ふ》り向き、ずびしっ、と人差し指を突《つ》きだし、宣言するのであった。

「シャイニィ！　お昼のニュースを待ってなさいよ！」

そう言って、教室を飛び出してゆくのだった。

「授業は……？」

さくら先生が、また泣いた。


そして、お昼休みがやってきた。

「何をするつもりなんだ……」

嫌《いや》な予感をはらみつつ、健太は教室にあったテレビをつけた。

総理大臣の緊急《きんきゅう》発表として、官邸《かんてい》から生中継《なまちゅうけい》が始まろうとしているところだった。

会見室は、急遽《きゅうきょ》集められた報道陣《ほうどうじん》によってごった返していた。告知からわずか一時間後に開かれる会見など通常では考えられない。どれほど急を要する重大事件なのか、国を揺《ゆ》るがす出来事が水面下で発生しているのか。にもかかわらず、どの報道機関も国内国外あらゆる情報源から、発表に値する危機をキャッチすることができておらず、総理が現れるまでの会見室は、戦々恐々《せんせんきょうきょう》とした雰囲気《ふんいき》に包まれてしまった。

そんな中、のえるが現れた。

ジャーナリストたちはのえるの表情が凛《りん》としていることに驚《おどろ》いた。

あの折原総理が真面目《まじめ》な顔をしている。

それだけで、恐怖《きょうふ》した。

今から行う発表はどれほど恐《おそ》ろしい内容をはらんでいるのか。原発が臨界事故を起こしたとか、未知の伝染病ウィルスが日本に上陸したとか、記者たちの脳裏にありとあらゆる国家レベルの危機が展開されていった。

そんな中、のえるはゆっくりと口を開いた。

「健ちゃんの、基本的人権を停止します」

「ハァ?」

会見室にいた数百人の大人《おとな》が、異口同音に発音した。

「ん?　戦争でも始まると思ったの?」

のえるはきょとんとした顔をした。

「そりゃ……まあ……」困った顔をする報道陣たち。

「確かに戦争と言えなくもないわね」

「ま、まさか……！」

彼らは戦慄した。

太平洋戦争の敗戦から半世紀。軍国主義国家の汚名《おめい》をすすぐため、平和憲法、非核《ひかく》三原則、武器輸出禁止、国連中心主義など、ありとあらゆる平和政策を実践《じっせん》し、自衛隊を軍隊と呼ぶことすら禁じてきた日本の総理の口から、戦争という言葉が飛び出したことに彼らは戦慄した。その場にいる人間だけでなく、テレビやラジオ、あらゆるメディアを通して総理の会見を聴《き》いていた理性ある人間はすべて恐懼《きょうく》した。

そんな彼らに対し、のえるは決然と宣言した。

「恋の戦争よ！」

みんながみんな、死に果てた。

そんなわけで、のえるの口から健太から剝奪《はくだつ》されることになる憲法の諸権利が読み上げられている間、記者たちからは何の声も上がらなかった。

　というか記者たちは一人席を立ち、二人立ち、のえるの会見が終わらないうちからぞろぞろと帰り支度を始めだした。そんなわけで発表が終わり、

「なにか質問は？」

　会見室には一人の記者もいなかった。


　そしてのえるは学校に戻《もど》ってきた。

「どうよ！」

　なぜかVサイン。

「なに胸張ってんだよ！　どういうことなんだよ！」

　詰《つ》め寄る健太に、のえるは動じることを知らない。

「奴隷《どれい》に人権はナイの。だから日本から出ていくこともできないわ」

「奴隷？」

「そうよ『**長谷川健太奴隷法**』よ！」

「何考えてんだよ……」

健太は呆《あき》れた。

「シャイニィが国王の椅子《いす》なら、こっちは奴隷の鎖《くさり》。まぁ、逆転の発想ってヤツ？」

「逆転の発想って……そんな威張《いば》れるもんなのか？」

「国外にさえ出さなければ、あたしの勝ちね」

「勝ち負けなのか……？」

「ああ、愛って怖《こわ》い！　歴史をひもとけば西暦《せいれき》６３０年、マホメットがメッカの奴隷を解放し、西洋においてもリンカーンが奴隷解放を法制化した西暦１８６５年。その歴史の歯車がたった一つの愛ゆえに逆転してしまったのよ！」

「してしまったのよ、じゃ、ないだろ！」

のえるはわなわなとふるえる両手を見つめながら、

「こんなことを平然と実行できる自分が怖い……」

「怖すぎだよ！」

「しかーし、健ちゃんにあたしの愛を伝えるためなら、国内外の批判やバッシングも甘《あま》んじて受けるのえるさんなのよ」

ぐっ、と拳《こぶし》を握《にぎ》りしめて、演歌みたいな泣き方をしてみせる。

「えっ、えっ、僕《ぼく》のせいなの？　全部僕のせいになっちゃうの⁉」

「そうよっ！　愛よ！　すべて愛のなせる業なの！」

「面白《おもしろ》そうだからやってみただけだろ〰〰〰っ！」

あはははは、とのえるは笑って、動じもしない。

「さあシャイニィ。どーする！　どーする？」

ぴん、と突《つ》き立てた人差し指をずいっとつきつけ、のえるが迫《せま》った。

「仕方ありません、奴隷というなら買いましょう」とシャイニィ。

「売りません」とのえる。

交錯《こうさく》する殺気、飛び散る火花。

「どんどん僕の立場が退化してる気がするんですけど〜」

と、約一名が意見を述べたが、もはやのえるもシャイニィも、互《たが》いしか見えてはいなかった。

「……わかりました。ノエルがそこまでやるのなら、私も犠牲《ぎせい》を払《はら》う覚悟《かくご》を決めます」

シャイニィは携帯《けいたい》電話を取り出すと、自国政府に石油や天然ガスなどの対日全面禁輸をするよう通告した。

のえるは唸《うな》った。

「その手があったか……」

日本は国内で消費する石油の15%、天然ガスの40%をアルカンタラに依存《いそん》していた。

「それって……石油ショックが起こるってこと?」

石油ショック。西暦1970年代、アラブ産油国が行った石油輸出制限や石油価格の値上げによって引き起こされた経済パニックのこと。当時、パレスチナの領有を巡《めぐ》ってイスラエルと争っていたアラブ諸国が戦いを有利に進めるために、イスラエル寄りとみなされる国に対して行った。

負けじとのえるも携帯を取った。

「じゃあ、こっちもアルカンタラへのODAの全面凍結《とうけつ》を実施《じっし》するわ」

ODA(政府開発援助《えんじょ》)。主に先進国が発展途上《とじょう》国に対して行う経済支援《しえん》のこと。日本は米国に次いで世界二位の援助国。毎年、兆規模の予算を組んで実行されている。もっとも配り方は公平無私というわけではなく、近隣《きんりん》諸国、資源輸出国など日本にとって重要な国を中心に行われている。

当然、日本にほど近く、石油や天然ガスといった重要資源の供給地であるアルカンタラには、千億円規模の援助が実施されていた。

これは数百万人ほどの人口しかないアルカンタラ政府にとって、かなりの巨額《きょがく》である。

「禁輸ってことは、毎年数千億円払ってる石油代もなくなるってことよ。それだけの契約《けいやく》を結んでくれるお得意先がすぐに見つかるかしら？」

「では、日本製品の輸入を全面的に禁じます」

東南アジアの一国であるアルカンタラは、家電、自動車をはじめとする日本製品の重要なマーケットの一つであった。

「円が入ってこなくなるなら、出て行く円もなくせば済むことです」

「やるわね」

「ノエルこそ」

「ふふ」

「うふふ」

「なに認めあってんだよ！」

窓にさした西日が二人のライバルを美しく映し出していた頃《ころ》、地球の裏側では株式市場が次々と開かれ、日本株や円が面白いように売られていった。

翌日、東京証券取引所が開かれる頃には、市場はすでに崩壊《ほうかい》していた。

水曜の朝は官邸《かんてい》で、内閣メンバーが一堂に会する定例閣議が行われるのだが、その部屋にも、ひっきりなしに事務官の手によって、マーケットの最新値が報告されていった。

財務大臣が悲鳴を上げた。

「そ、総理っ！　日経平均株価は5000円を割り込んでしまいましたぞ！」

「二人の小娘《こむすめ》のいざこざぐらいでどうにかなっちゃうなんて、株式市場もヤワねえ」

大人《おとな》サイズの椅子《いす》に頬杖《ほおづえ》をついて腰掛《こしか》けるの態度は、凪のない大海のようにのどかである。

「ヤワとかヤワじゃないとか、そういう問題じゃないでしょう！」

「健ちゃんの人生が棒に振《ふ》られてもいいの？」

「このままじゃ日本国民全員の人生が振られてしまいます！」

「大丈夫《だいじょうぶ》よ〜。アルカンタラだって日本の代わりに買ってくれる国を探さなくちゃいけないんだし、そしたらよその産油国の枠《わく》が余るんだから、そっちを買えばいいだけじゃない。ODAだって圧縮できて財務省は助かるでしょ？　実体経済の影響《えいきょう》はそんなにないわよ」

「だからって株式市場をないがしろにしていいということはないでしょう！」

財務大臣はでっぷりとした腹を揺《ゆ》らしながら訴《うった》えた。

それがあまりにも真剣で真摯《しんし》で決死な姿だったので、

「ははぁん、大臣、さては株取引に大金を注ぎ込んでいるわね？」

「え、あ、いや……」図星のようだった。

のえるは夏のことを思い出した。

「消費税をマイナス五％にした時も、製薬会社から貰《もら》っていた裏献金《けんきん》をロンダリングして小金を稼《かせ》いだりしてたわよね……」

「うっ……」

「この際、データのやりとりで金儲《かねもう》けしてるヤツは滅《ほろ》びなさい！」

なぜか最後ののえるの台詞《せりふ》だけがマスコミに漏《も》らされ、株価の暴落は歯止めを失った。

財務省はただちに株価安定のため、10兆円もの資金を投入して暴落を阻止しようとしたものの、何の成果も出すことなく終わった。

日経平均株価は3日後に1000円を割り込んだ。

♣

電話の向こうから、怒鳴《どな》るような声が聞こえた。

「シャイニィ、馬鹿な考えはやめるんだ」

ホテルに戻ったシャイニィは、執事《しつじ》からアルリオンより電話が来ているという連絡を受けて、慌てて電話を取った。

その第一声が、これだった。

(私は、何を待っていたのだろう……)

胸の鼓動《こどう》が、陰鬱《いんうつ》なものへと変わっていく気分。

それは、兄が健太を侮辱《ぶじょく》するような言葉を連ねたからなのだろうか。

「何の力もない子供ではないか」

「そうでしょうか？　ケンタは素晴らしい人です」

「身分、血、風習なにもかもが違いすぎる」

「だからケンタは、私を理解しようとしてくれました」

「アルカンタラの民も、我らが共に王冠を戴《いただ》くことを願っている」

「……それだけなのですか」

「お前とて獅子《しし》の掟《おきて》を知ってるだろう。王座につけぬ王族に待っているものが」

こんな言葉を、私は聞きたかったんだろうか。

「お前こそ考え直せ、冷静になるんだ」

「私は、獅子の座と引き替《か》えに要求する愛の虚《むな》しさに気づいたのです」

「ど？　どういうことだ？」

「わからなければいいのです」

シャイニィは受話器を降ろした。

少し立ってから、嫌悪《けんお》が襲《おそ》ってきた。

自分がひどく嫌《いや》な子に思えて仕方なかった。

兄がいい言葉を囁《ささや》いてくれたら、どうするつもりだったのか。

これではまるで兄の気持ちを引き出すために、健太を利用しているみたいだ。

それは違う、とシャイニィは思う。

健太を好きになったほうが幸せになれる、と感じたから、告白したのだ。

でも、それはとても利己的なことのように思えた。

けれど、利己的じゃない愛なんてあるのだろうか。

そんな理由で好きな人を替えるのは、いけないことなのだろうか。

私は、どうすればいいのだろうか……。

王女と総理の戦いは、二つの国と世界経済を巻き込みながら、極めて小さなスケールで進行していた。

♣

たとえば登下校は、同じ家に住んでいるのえるに利があるわけで。

「行ってきまーす！」

と、一緒《いっしょ》に家を出ればシャイニィのつけいる隙《すき》はない……わけであるが。

「……のえるは、恥《は》ずかしくないの？」

健太は嫌《いや》そうな顔をして、のえるの後をついて歩いていた。

「何が？」

「こんなので街を歩くなんて」

「変かしら？」

「変だよ」

「普通《ふつう》じゃない」

のえるの言う通り、健太にどこもおかしなところはない。のえるも普段《ふだん》通りだ。

「じゅーぶん変だよ！」

「そうかしら」

健太は左手を振り上げた。

あ、とのえるが引きずられる。

「どーこーの一世界に手錠《てじょう》をはめて学校に通う中学生がいるんだよっ！」

おかしなものは二人の間にあったのだ。

ちなみに手錠は警察から拝借してきたモノホンである。

「僕《ぼく》は犯罪者じゃないよ！」

「赤い糸だと思えばいいのよ〜」

「思えるわけないだろ……」

「じゃあ、婚約腕輪《こんやくうでわ》！」

「のえるは思えるのっ⁉」

「愛さえあれば、金具のナットだってダイヤに見えてくるものよ」

鈍《にぶ》く輝《かがや》くシルバーメタルの手錠を見て、うっとりしてみせる。

「どーせなんかのテレビで見たんだろ……」

「あのねえ健ちゃん、拉致《らち》られたら終わりなのよ」

「拉致っ⁉」

まあ、確かにシャイニィならしそうな気がする……。と、健太は思った。

「……ち、治外法権ってヤツ？」

「堂々とやってくれるんなら、成田だろうと関空だろうと実力行使で拘束《こうそく》することができるけど、夜の闇《やみ》に紛《まぎ》れて東京湾《わん》あたりからこっそり脱出《だっしゅつ》されると、ほとんど捕捉《ほそく》は不可能ね。そう見せかけて日本海からくるりとまわって太平洋に出るって手もあるし」

「いくらなんでもそこまでしないよ、シャイニィは」

「ふぅーん、シャイニィのこと、よく知ってる口振《くちぶ》りじゃない」

おや、と健太は思った。

のえるの口調が変わったように感じたからだ。

尖《とが》らせた口がすねているようにも見える。

（まさかな）

健太は不意に浮《う》かんだ考えをあっさり消去して、口を開いた。

「シャイニィとの付き合いはのえるのほうが古いんだろ。彼女だってのえるの性格知ってたら、のえるがアルカンタラまで攻《せ》め込むこととかも考えるはずだよ。て、ゆーか、のえるのことだから、僕を口実に自衛隊を海外派遣しそうな気がする……」

「そうしたいのはやまやまなんだけど……」

「……やっぱり、その気だったのか」

憲法をまったく大事にしない総理大臣だった。

「自衛隊は海外に攻め込むようにはできてないのよねえ。戦車が1000両あったって運ぶ船は全然足りないし、空なんか、アルカンタラ王国まで直通で飛べる航続距離《こうぞくきょり》を持った飛行機は一機もないもの。フィリピンとかに『これから東南アジアに戦争しにいくんですけど燃料補給してもらえます？』なんて言って、通用する？」

「だから手錠なの……？」

そこのところの論理の飛躍《ひやく》がついていけない。

「それだけじゃないわよ！」

「それだけじゃないのっ⁉」

「まず健ちゃんが都心を離《はな》れると、内閣危機管理室に連絡《れんらく》が入るようになってるわ」

「いつのまに……」

「このシステムのおかげで、この前だっていちはやく駆《か》けつけられたんじゃない」

倉庫に拉致された時のことだ。

「な、なるほど……」

「いやー、一つ屋根の下に住んでると、ありとあらゆるモノに発信機を仕込むのも簡単なのよねえ〜」

「そういう理由か！　一緒に住んでるのはそういう理由なのか！」

「それだけじゃないわよ」

ぴんと人差し指を立てたのえるは、高らかに勝利宣言をするようなテンションで、まったくもってどうしようもないプロジェクトを明らかにするのだった。

「衛星軌道《きどう》上には常に健ちゃんを監視《かんし》する衛星がぐるぐると……」

「もーっ、そういう無駄《むだ》な事にお金かけるのやめなよ〜」

「無駄？　健ちゃんの安全が無駄？　健ちゃん、自分でそう思ってるの？」

「スケールが無駄にでかいって言いたいの！」

「何言ってるの。健ちゃんの安全は国家級の大問題よ」

「そんなわけないだろ〜っ」

するとのえるは胸ポケットからあるモノを取り出した。

「健ちゃんの身に一大事が起ころうものなら、あたしはこのボタンを……」

見るからに子供のオモチャみたいなカタチをしたそのアイテムは、旧ソ連の共和国から極秘裏《ごくひり》にのえるが手に入れた——、核《かく》ミサイルの発射スイッチだった。

「まだ持ってたのか!!」

「健ちゃんの身に一大事が起ころうものなら、あたしはこのボタンを……」

碁石《ごいし》のように黒くて大きなボタンに、のえるは親指をかけ、

「押《お》す!」

「押しちゃダメだって〜〜〜〜っ!!」

「……とまあ、健ちゃんが危なくなると、地球も危なくなるという寸法なわけよ」

「よーするにのえるが一番危ないってことだよね……」

あはははははは、とのえるは一笑した。

「結局、ノエルはケンタをオモチャみたいに遊びたいだけなんですね」

シャイニィが現れた。

「違《ちが》うわ、あたしは健ちゃんを愛してるもん!」

「この扱《あつか》いのどこが愛してるって言うんだよ!」

健太は手錠《てじょう》をはめられた左手を振《ふ》り上げた。

そのリアクションはのえるにとって不本意だったようで、

「おっかしいなあ〜？」と、マジ顔で首を傾《かし》げられた。

「おかしいのはのえるのほうだよ！」

「そう、ノエルはおかしい」

「キミもだよ」

だんだん健太も容赦《ようしゃ》がなくなってきた。

「私はケンタを手錠で拘束《こうそく》しようだなんて考えていません」

きっぱりと言う。

「じゃあ、どんな事を考えてるの？」

「本国から特殊《とくしゅ》部隊を呼び寄せて……」

「僕《ぼく》の自由意志に任せるって言ったじゃないか！」

「奴隷《どれい》を解放するには軍事力が必要なのです」

「国内戦なら強いわよ」と、のえる。

「二人とも、登校中にする話じゃないだろ！」

「そうだ、その通りだ！」

道の向こうから、猛然《もうぜん》と爆走《ばくそう》する自転車が現れた。

健太たちの姿を見つけるや、急ブレーキ、足ブレーキをかけて三人の前に停止した男子。

それは矢島直樹だった。

「おはよう、諸君」

(ああああ、事態をややこしくする奴《やつ》が次から次へと……)

健太はクラクラした。

「お前、通学路違《ちが》うだろ」

「名案を思いついたからナ」

「名案〜?」

健太は鼻白んだ。

「……長谷川、俺《おれ》をナメるなよ」

直樹は得意げに鼻を鳴らした。

「この俺が考えた日本とアルカンタラを救い、そして文化祭を成功させる名案!」

「さ、最後のは何?」

直樹はかまわず続けた。

「ザ・文化祭デスマッチ!」

要するに、文化祭で二年五組がやる予定だった劇で決着をつけようという話だった。

「お互《たが》いの役を演じきり、最後に王子をモノにしたほうが勝ちというルールでどうだ!」

「いいんじゃない、面白《おもしろ》そうだし」

のえるは同意を示した。

穏便《おんびん》に片づくならなんでもいい健太はもちろん賛成。

平和的に決着をつけられるのなら、とシャイニィも受け入れて、

「兵器や重火器の使用について細部を決めておきたい」と注文をつけた。

「どこが平和的なんだよ！」

「あら、武器を限定するのは大事な軍縮政策よ」と、のえる。

「一切使わないという方向性にはいかないの……？」

涙目《なみだめ》の健太をよそに、生物化学兵器の禁止、巡航《じゅんこう》ミサイルの禁止、劣化《れっか》ウラン弾《だん》など放射能を残留させる兵器の使用禁止などなど、二人の間で細部が詰《つ》められ、午後には条約を調印するところまで話が運んだ。

「あぁあ……」

「抽選《ちゅうせん》箱ができたぞ」

臨時の調印場となった体育館の片隅《かたすみ》では、直樹が出来合いの箱に穴を空《あ》けて完成させたボックスに折り畳《たた》んだ紙を放り込んでいた。

「なにそれ」

「役は公平に選ばなくちゃいけないだろ?」

かくして配役が決定した。

のえる:シンデレラ
シャイニィ:白雪姫《ひめ》

「なんだよこりゃ!」

「どうせアドリブ劇だからナ、これぐらい支離滅裂《しりめつれつ》なほうが合ってるだろ」

「舞台《ぶたい》とか、どうするんだよ」

のえるが思いついた。

「シンデレラに白雪姫なんでしょ? ちょうどいい舞台があるじゃない」

東京ディズニーランドの翌日の閉園が発表された。

第4章

史上空前の文化祭

それぞれの夜は、こんな風に訪れていた。

健太は体育館でひとりきり、床《ゆか》に置かれたポータブルテレビを見ていた。

「総理大臣特別法第42条により、東京ディズニーランドは強制収用されることになりました。現在、ディズニーランドは明日開催《かいさい》される『和泉《いずみ》中学校文化祭二年五組特別公演』のための準備が夜を徹《てっ》して行われております。ちなみにその公演は生中継で……」

煌々《こうこう》と照らされるカクテルライトの下、ブルドーザーやらクレーンやらが騒《さわ》がしく働いている姿を伝える中継《ちゅうけい》を、健太はひとり体育館で見つめていた。

勝負に公正を期すためという理由で、のえるのいる自宅へ戻《もど》ることを禁じられたのだ。

（なんで、居候《いそうろう》ののえるが家に戻るために僕が……？）

そんなことを思いながらパンをかじる。

体育館は舞台だけが明るく、寝袋《ねぶくろ》とポータブルテレビと健太をぽつんと照らしている。

することもないのでさっさと寝てしまおうと思った矢先。

コンコン、と扉《とびら》を叩《たた》く音がした。

「お弁当、作ってきたの」

現れたのは、ほのかだった。


正直、不格好なおにぎりだったが、塩のまぶし具合は絶妙《ぜつみょう》だった。

「せっかく練習したのに、矢島のヤツもさ、直前にアドリブ劇なんてないよね」

「矢島くんもせっかく書いた脚本《きゃくほん》をフイにしたんだから、残念だったと思うよ」

「弥生ちゃんはそうやって、いつもいいほうにいいほうに考える」

「そんなことないよぅ」

ほのかは両手を振《ふ》ってはにかみ。そしてぽつりと、
そんなことない、とつぶやいた。

「テレビ見た？　のえるったらまたディズニーランドをオモチャにして」

「好きなのよ、ディズニーランドが」

「確かにそうだけどさあ……」

「長谷川くんはよくわかるでしょ」

「そうそう、面白《おもしろ》いこと思いついたら、僕《ぼく》をダシにしてさあ」

「ね」

「……って、そんなんじゃないよ！」

健太は焦《あせ》った。

「ディズニーランドはともかく僕は違《ちが》うよ。そんなの好きって言うもんか」

「そうかなあ」

「僕はいい迷惑《めいわく》だよ」

ほのかは驚《おどろ》いたような表情を見せた。

「長谷川くんって、イヤイヤ言いながら、楽しんでるのかと思ってた」

「違うよ～っ！」

「だって、いつも一緒《いっしょ》だし」

「……そんな目で見てたんだ」

「クラスのみんなもそうだと思う……」

「…………」

道理で、誰《だれ》も助けてくれないはずだ。

健太はがっくりと肩《かた》を落とした。

ごめんなさい、とほのかは謝った。

「いや、弥生ちゃんが悪いんじゃないし。振り回されっぱなしの僕が悪いんだよ……」

そんなことない、とほのかは励《はげ》まし、

「折原さんのエネルギーとかバイタリティとか、そういうのが強すぎるんだと思う。だからみんなの目が折原さんに向いちゃうのよ」

「エネルギー？」

「同じことしてても目立っちゃう人とそうでない人っているでしょ」

「確かに……」

初めの配役では大鳥宮乃に負けたはずなのに、いつの間にか主役の座をゲットしていたのえる。ほのかだって準主役を手に入れたのに結局魔女《まじょ》役だ。

それにしても……、健太は思った。

こうやって普通《ふつう》に彼女と二人きりでおにぎりを食べている自分はなんなのだろう、と。

夏の頃だったら、もっとドキドキしていた気がする。

味なんかきっとわからなくて、緊張で支離滅裂《しりめつれつ》な会話をしていた気がする。

なのに、こうやって普通に話をしていたり。

(好きだと思ってたんだけどな……)

一緒の塾《じゅく》に通うバスで隣《とな》り合わせで座るだけで、心臓の鼓動《こどう》が3倍になっていたことがすごく懐《なつ》かしく思える。

あのときの気持ちは、どこに行ってしまったんだろう……。

のえると再会してしまったせいだろうか。

けど、好きだと思っていた子とこうやって普通に会話している自分を知ってしまうと、のえるに対する今の気持ちもいい加減なもののように思えてしまう。

同じように錯覚《さっかく》かもしれないわけで。

それなら、のえるにつれない態度を取られた時に感じる胸の痛みはなんなのか。それも錯覚なんだろうか。空回りじゃない「好き」って何なのか。

考えれば考えるほどわからなくなっていく。

(恋《こい》とかするのは、僕にはまだ早いのかな……)

そんなネガティブな方向に恋の学習をしていこうとすると——。

「あのね。わたしは思うんだ。王子を好きな気持ちは王女も人魚姫《ひめ》に負けなかったんじゃないかなあって……」

「えっ」

健太は我に返った。

考えごとをしているうちに、話が進んでいた。

謝ろうと思ったが、ほのかが思い詰《つ》めたような顔をしていたので、言えなかった。

健太は、ほのかの気持ちを知らない。

ましてや、さっきの言葉が彼女の告白だということも。


（言ってしまった……）

ほのかは、まさか健太が自分の世界に入り込んでいて話をまるで聞いてなかったことなんて知らない。

彼女は彼女で顔から火の出るような思いをしながら、いっぱいいっぱいの思いで喋《しゃべ》っていたのだ。健太の顔など見られるはずもない。

うつむいたり、なにもない中空に視線をさまよわせたり、ただ、心の中に浮《う》かぶ想《おも》いをすくいあげるように言葉を口にしていた。

だから、健太が驚いたような声をあげたきり黙《だま》り込んでしまったことを、文字通りの意味で受け取ってしまった。

興奮はたちまち絶望へと化学変化し、頭の中で悲しみの鐘《かね》が打ち鳴らされる。

がっくりと肩《かた》を落とし、よろよろと立ち上がろうとした彼女の背中に、健太の声が届いた。

「……ど、どういうこと？　ごめん、もう一回言って」

（！）

ほのかは慌《あわ》てて振《ふ》り向くと大げさに手をふりながら、自分でもよくわからないことを言った。

「せ、せっかく役づくりしたのに残念だな、ってこと」

「そ、そうだよね。矢島たちったらひどいよねえ～」

「うんうん」

ほのかは精一杯《せいいっぱい》笑った。

よかった。長谷川くんが気づいてくれなくてよかった。遠回しな言い方でよかった。はっきり言わずに済んでよかった。ちゃんと顔見て言わなくてよかった。

（告白なんて、わたしにはできないよ……）

彼女は彼女で、ネガティブな方向に恋の学習をしていくのであった。

♣

そこは狭《せま》いながらも、スイートルームのように調度された一室であった。

飛行機の中を改造して、私室にも使えるようにしたものだ。

宮殿のような広さは望めない。

アルリオンは歩いては振り向き、また歩いては立ち止まり、窓の外を降る雨を見やった。

窓にはうっすらと、部屋の隅《すみ》に控《ひか》えている副官の姿が映っている。

オルトロスは実直を絵に描いたような男だ。実の親よりも長く接しているのに、一度たりともなれなれしいそぶりを見せたことがない。

だから、かえって話しづらいこともある。

窓に映る姿に向かって、アルリオンは話しかけた。

「なあオルトロス」

「ダメです、殿下《でんか》」

「まだ何も言ってない」

「シャイニィ殿下のホテルに行きたいというのでしょう？」

アルリオンは黙りこんだ。

身を投げ出すようにソファに座り込む。

そんな子供っぽい仕草をするアルリオンを見て、オルトロスは笑った。

「御身《おんみ》にもしものことがあったらどうするのです」

「手《て》荒《あら》なことはしたくないのだ」

膝《ひざ》の上に肘《ひじ》をついたアルリオンは首を振った。

「どうなるかはシャイニィ殿下次第《しだい》でしょう」

「しかし、シャイニィは僕に手を上げたわけじゃない」

そんな彼女を……、と言いかけて、アルリオンは口をつぐんだ。

口にすれば本当になりそうで、言いたくなかったのだ。

「紋章《もんしょう》を得られぬ王族に待ち受けている運命を知らないわけではないでしょう」

「だが……、シャイニィとは約束した」

「そう言って、何人の兄弟殿下に裏切られたとお思いなのです」

「…………」

アルリオンは瞳《ひとみ》を歪《ゆが》ませた。

それはひどく彼の心を傷つけている出来事であることをオルトロスは知っていたが、相手に気を許して、命を差し出す危険をこれ以上冒《おか》させるわけにはいかない。

優しさが欠点となる地位があるとしたら、それが権力というものだ。

そのことは口を酸《す》っぱくしてでも、彼に教えておかなければいけなかった。

「そうだな。みんな、約束を破った」

「王子が王女殿下を信じたい気持ちもわかりますが、今度失うのは右手だけとは限らないのですよ」

「そうだな。お前には迷惑《めいわく》をかけた」

アルリオンは部屋の中でも手袋《てぶくろ》をしたままの右手を見つめた。

指先ひとつ動かすことのできないその手は、弟から贈《おく》られた爆発《ばくはつ》するプレゼントと共に持っていかれたものだ。

自分の一部を永遠に失ったことが、それも心を許していた弟に奪《うば》われたことが耐《た》えきれなくて、直後は自暴自棄《じき》になったものだ。

そんな自分を立ち直らせてくれたのはオルトロスだ。

「王子は御身のことだけを考えなされませ。お前たちにも迷惑をかけるものだな」

「……そうだな。僕が死ねば、お前たちにも迷惑をかけるものな」

アルリオンは力なく笑った。

これまで自分を守ってきてくれたのは親でもシャイニィでもない、オルトロスだ。血を分けた兄弟ですら信じられない自分が他に誰を信じるというのか。

彼の言う通りにするのが一番いい。彼の言う通りにすれば間違《まちが》いはない。

なのだけれども……。

そういう考えは、ひどく無力感を伴《ともな》うものだった。

♣

のえるは台本がわりに買ってきた絵本を読みながら、ごろんとベッドに転がっていた。

「シンデレラがあたしだったら、12時が来るまでに、12時を廃止《はいし》しちゃってずーっと魔法《まほう》を解けないようにするな～」

「そうかな？」

黒猫《くろねこ》のメフィがヒゲを揺《ゆ》らした。

メフィこと、メフィストフェレス。彼こそがのえるを総理大臣にした魔法使いだ。まったく使われることのない彼女の勉強机にはクッションが置かれており、そこがメフィが部屋にいる時のホームポジションとなっている。

「どういう意味よ」

「お前はシンデレラになれない。ガラスの靴《くつ》を落としたところで名乗り出たりしないだろう？」

「出るかもしれないわよ」

「ならどうして、昔、約束をしたとアイツに言わない？」

メフィが言いたいのは、婚約《こんやく》の一件だ。

のえるは冗談にしてしまったが、それが本当だということをメフィは知っている。

「だってカッコ悪いじゃない。むこうが忘れてるのに、約束を盾《たて》に好きになってくれって迫《せま》るのなんて。あたしはそういうのヤだもん。みっともないよ」

「それで、アレか？」

「一度結ばれた相手と、もう一度恋《こい》をするのよ。ロマンちっくじゃなーい」

「伝わってない気もするがな」

「でしょー？　メフィもそう思うよねー。あたしは一生懸命《けんめい》アピールしてるのに、なんで裏目に出てばかりなのかなー？」

「…………」

途中《とちゅう》までは正しい気もするのだが、どこかでズレてると、メフィは思う。

（ま、そういうヤツだから、観察しがいもあるのだがな）

八月を続けさせているのは、のえるの口車に乗ったからだけではないのだ。

♣

「忍《しのぶ》ちゃん、おめでとう」

帰宅したほのかは、**白峰忍**《しらみね》から電話があったばかりだと母から知らされ、驚《おどろ》いた。

彼女が二学期の初めに転校していってから、連絡らしい連絡をもらったことがないからだ。あまりのタイミングの悪さに落胆《らくたん》する娘《むすめ》に、母は聞き出しておいた電話番号を見せた。

ほのかは母に抱《だ》きついて感謝をすると、さっそく受話器を取った。

ほのかは、忍がバスケ部のレギュラーを獲得《かくとく》したことを聞くと、ほのかは自分のことのように喜んだ。

すると、忍が訊《たず》ねた。

「何か、落ち込むことあった？」

「え、ないない。そんなことないよう」

「無理してはしゃぐクセがあるよね、ほのかは」

「…………」

「何年一緒《いっしょ》にいたと思ってるのよ」

ほのかは、健太に対して言えなかったことを忍に話した。

「そりゃ伝わらないよ、アイツ馬鹿《ばか》だから。はっきり言ったってわかるかどうか。だいたいあんだけ折原にアピールされといて、ちっともわかってないんだからな」

「そうだよね……。折原さん、長谷川くんのこと好きだよね……」

「あ、いや……。私はそういうのしたことないから、気にしないで、ごめん」

「ううん、だからわたしホッとしてるんだ。伝わらなかったこと。折原さんとか、シャイニィさんとかがいるのに、わたしなんかが出しゃばったって、ダメに決まってるし」

「そうやって、悪いふうに考えていくのって、ほのかのよくないとこだと思う」

「そうだよね……」

受話器の向こうから、ほのかがしゅんとなっている姿が見えてきて、しまった、と忍は思った。

励《はげ》ますつもりでかけた言葉が逆効果になってしまったらしい。

だから、

「私も似たようなもんだよ。クラスでうまくいってないし」

「でも、さっきバスケ部で」

「バスケは頑張《がんば》ればいいことだから。人間関係は、別でしょ？　みんな、私が起こした事件のこと知ってるし。だから……」

「何かされてるの？」

「ううん、そういうのはないけど、なんとなく気まずくて」

「ダメだよ。忍ちゃんが一方的にダメだって思いこんでるだけかもしれないじゃない」

「そうかな」

「そうだよ」

「頑張れるかな」

「頑張れるよ」

「ほのかは、明日の文化祭で頑張れる？」

「う……うん！　頑張る。だから忍ちゃんも勇気出して」

「わかった」

忍は、ごめんね、と心の中でつぶやきながら受話器を置いた。

無実の罪を着せてしまったクラスメイトたちと、ありもしない悩《なや》みに心配してくれたほのかに対して。

♣

そして決戦の日がやってきた。

「さて、どうするかな」

シンデレラの服を着たのえるは物語のスタート位置である、継母《ままはは》と共に住む家の地下室にいた。

部屋の片隅《かたすみ》にかけてあった時計を見る。

午前9時。3時間以内に城に潜入《せんにゅう》し、12時までに王子と接触《せっしょく》を果たさなければならない。

「しかも、敵は一人じゃないみたいだし……」

そんなことを言いながら、手にしていた箒《ほうき》で素振《すぶ》りを始める。

そこへだ。

バタン、と扉《とびら》を開け放ち、一人の女が現れた。

「シンデレラ！　ちゃんと掃除《そうじ》してる⁉」

役作り……なのかどうかはわからないが、サディスティックな声、表情、オーラ、そんなものに充《み》ち満ちた姿で階段を下りてきたのは大鳥宮乃だった。

「あら、義姉《ねえ》さま。お城の舞踏会《ぶとうかい》の準備はお済みになりましたの？」

「舞踏会？　あたしはそんなものなんて、ちゃんちゃら興味はないわ」

と、義姉《あね》はシンデレラから箒を取り上げるや、なんの理由もなくシンデレラの尻《しり》をそれでブチ始めるのだった。

「な、なにすんのよ！　いきなり」

「義姉《ねえ》さんはねえ、ストレスが溜《た》まってるの。憂《う》さ晴らしがしたいのよ！」

「あんた！　これテレビ中継《ちゅうけい》されてるってことわかって発言してるんでしょうね」

「現代の病んだ家庭を表現してるのよ！　て、いうか、アンタたちのせいで、あたしの人魚姫《ひめ》がなくなったんじゃないの！　そうね、動機があるとすれば、その仕返し？　このっ、このっ、このっ！」

びし、びし、びし！

「痛っ、痛っ、まったくもー。暴力ふるいたいなら、せめて話を中世にこじつける努力ぐらいしなさいよ！」

「そこまで言うなら、お望み通りにしてあげるわ。あーあ、アンタの服が汚《きたな》いせいで、家がこんなに埃《ほこり》だらけ、ほら、こーんなに！」

と、床《ゆか》の汚《よご》れを指ですくおうとしたところへ、ぴゅっ、とのえるが手にしていた何かを発射した。

瞬間接着剤《しゅんかんせっちゃくざい》だった。

「し、しまった！」

宮乃は顔を青ざめさせながら、後ろを振り返った。

そこには悪魔《あくま》のように邪悪《じゃあく》な笑《え》みを浮《う》かべたシンデレラが立っていた。

「あーら、ごめんなさい義姉さま。うっかり落とした瞬間接着剤の中身を拭《ふ》き忘れてしまったようですわ」

「あんたこそ、中世にないものを出してんじゃないわよ！」

無視して。

「さあ〜、お掃除しなくちゃ」

シンデレラは床を箒で掃《は》きはじめた。

びし、ばし、と箒は宮乃の尻を叩《たた》く。

「い、痛いじゃない！」

しかしシンデレラはあさっての方向を見ながら、

「今日の床はやたらとうるさいわねえ」

おほほほほー、と笑いながら、義姉の尻を叩き続けるのだった。

『――と、シンデレラは姉たちをイジメ返すような女の子だったので、お城の舞踏会には連れていってもらえませんでした』

そんなナレーションを入れるのは矢島直樹だ。

「うっさいわね」

のえるは言い返すと、負けじと魔女《まじょ》ー、魔女ー、と登場を催促《さいそく》しはじめた。

どこまでも図々《ずうずう》しいシンデレラだった。

「あ、はいっ！　のえるさん、じゃない、シンデレラさん、いま参りますっ！」

いきなり呼ばれたほのかは慌《あわ》てて飛び出した。慌てたせいで、爪先《つまさき》まで丈《たけ》のあるロングスカートに足をひっかけて、転ぶ。

「あ」

のえるは口元を押《お》さえた。

家の庭には、シンデレラが義姉用に仕掛《しか》けておいた落とし穴があったのだ。

落ちた。

「大丈夫《だいじょうぶ》？」

シンデレラは落とし穴に落ちた魔女に手をさしのべた。

「うう、ありがとうございます……」

「魔法で新しい服に着替《きが》えたほうがいいんじゃない？」

「あ、はい」

『魔女は自分の服を着替えるために魔法を使いました。そして、助けてもらったお礼にかぼちゃの馬車をプレゼントするのでした』

そんなナレーションに、舞台裏《ぶたい》にいるクラスメイトたちの笑い声が聞こえ、魔女は恥《は》ずかしさに身をこれ以上ないほど小さくした。

いつもの臆病《おくびょう》が顔を出して、ほのかを脅《おど》かす。

（だ、ダメよ！）

ほのかは自分を叱咤《しった》した。

ここでめげるわけにはいかない。

昨日一晩考えて、決めた作戦があるのだ。

魔女は深呼吸して、緊張《きんちょう》を鎮《しず》め、勇気を出してシンデレラに話しかけた。

「あ、あのう。わたしもお城の舞踏会にご一緒《いっしょ》してもかまわないでしょうか？」

「いいわよ」

「ありがとうございます！」

魔女は喜んだ。自分が出した馬車なのに。

これで舞踏会《ぶとうかい》に行ける。

(舞踏会に行けば、王子に逢《あ》える)

そうすれば……、そうすれば……。

魔女は小さな両手で握《にぎ》り拳《こぶし》をつくると、頑張《がんば》るからね、忍ちゃん、と誰《だれ》にも聞こえない声で誓《ちか》った。

しかし、シンデレラの頼《たの》み事を聞いた途端《とたん》、魔女の笑顔は涙《なみだ》となった。

「あなたにしかできない仕事があるの」

シンデレラはニヤリと笑った。


セットの関係上、白雪姫《ひめ》が住んでいるのはシンデレラ城ということになっていた。

「12時までに城にたどり着くことができるかしら」

城の中では、中継《ちゆうけい》画面を見守りながら白雪姫が静かに微笑《ほほえ》んでいた。

その表情は、元々の彼女に戻《もど》ったかのようにひどく薄《うす》い。

大きな柱時計は9時半を示している。

「もっとも舞踏会に王子が出てくるとは、限らないのだけど」

豪華《ごうか》に調度された部屋の片隅《かたすみ》に王子がいた。健太である。

王子がベッドの上ですやすやと眠《ねむ》っている。

睡眠薬《すいみんやく》をかがされて……。

「あのぅ……、王子は起こすほうだと思うんですけど……」

と、母親がおずおずと話しかけた。

しかしシャイニィは一顧《いっこ》だにせず、

「易々《やすやす》と城に来られると思わないでね、シンデレラ」

薄く笑《え》むのだった。


いっぽうシンデレラと小心者の魔女は、かぼちゃの馬車に乗り込もうとしていた。

「さあ、お城に参りましょう」

「ちょっと待って」

のえるは手近なところに転がっていた小石を拾うと、道の先に投げる。

爆発《ばくはつ》した。

「ひっ……！」

絶句する魔女の隣《となり》で、シンデレラが冷静につぶやく。

「地雷《じらい》か……」

見ると、シンデレラ城へと続く道は、時代考証に合わせて石と土でできた道路となっていた。もともとは舗装《ほそう》されていたものを。

「やるわね」

舗装をひっぺがした道には、地雷がしかけてあるようだ。

「確かにどこにあるかは一目瞭然《りょうぜん》だけど……」

城に続くすべての道の舗装がひっぺがされていたのでは、避《さ》けようもない。

園内のスピーカーから、白雪姫の声で舞踏会の開始を告げるアナウンスがされた。

「ど、どうしましょう〜っ！」と、魔女。

「しょうがないわねー」

シンデレラは携帯《けいたい》を取り出すと、ある番号を押《お》した。

「防衛長官？　あのね……」

自衛隊の地雷処理技術は世界一だった。

地面を火花のようなものが走り、その線に沿って、どどどどどーん、と爆発が起こる。迷彩服《めいさいふく》に身をつつんだ自衛官たちがてきぱきと地雷を処理する光景を、魔法《まほう》の鏡で見ながら、白雪姫の母は涙を流した。

「こんなの白雪姫でもシンデレラでもありません……」
母親役を演じているのは、言うまでもなく、さくらだった。

「あの〜」
コンコン、と扉《とびら》を叩《たた》く音がして、ほのかが入ってきた。
「リンゴはいりませんか……」
声が、震《ふる》えている。しかもまったくの棒読みで。
よく見ると、フードに隠《かく》された顔も青ざめている。
籠《かご》の中には不気味に変色したリンゴが。
彼女は思った。
（こんな作戦、通用するわけないよ〜っ）
シンデレラは言った。
『白雪姫は魔女の毒リンゴを食べて、永遠の眠りにつくのよ』
だけど、それが毒リンゴだと知っていながら食べる白雪姫はいないはずだ。
なのに、
「いただきますわ」と、白雪姫は言った。

「えっ、でも……」

「私に食べさせにきたんでしょ？」

「え、あ、その、あの……」

魔女は口ごもる。変な薬が混入されているに違《ちが》いないからだ。

しかし、白雪姫はそれを受け取り、魔女に差し出した。

「私が食べる前に、あなたが食べてくださいます？」

「ご、ご、ごめんなさい〜っ！」

白雪姫は薄《うす》く笑むと、リンゴを水槽《すいそう》に投げ入れた。

まばたきもしないうちに、ぷかーりと魚が浮《う》いてきた。

（の、の、のえるさん〜〜〜〜っ！）

魔女は死にそうになった。まさかそんな猛毒《もうどく》だとは思わなかったからだ。もし白雪姫が万が一にも食べたらどうするつもりだったのか。

想像しただけで、彼女は顔を真っ白にした。

ホントに死にそうだ。

「あなたも大変ね」

へなへな、と崩《くず》れ落ちる魔女は心の中で祈《いの》りを捧《ささ》げていた。

（魚さん、ごめんなさい……）

そして白雪姫は肩《かた》すかしを食らったような顔をして、つぶやくのだ。

「こんなもので私を騙《だま》せると思ってるのかしら、ノエル」

「思ってないわよ」

シンデレラの、声がした。

「え？」

白雪姫が反応するよりも早く、窓ガラスが炸裂《さくれつ》した。

投げ込まれたのは、催涙弾《さいるいだん》だった。

部屋の扉も爆発《ばくはつ》し、ガスマスクを装着した男たちが飛びこんできた。

たちまち咳《せ》き込みはじめる白雪姫たち。

ガスマスクをしたシンデレラは悠然《ゆうぜん》と王子に近づくと、

「眠《ねむ》り姫を助けに来たのに、キスができないのが残念だけど……」

そう言って、王子をお姫様のように抱《かか》えあげるのだった。

目覚めた健太は、いたるところから煙《けむり》を立ち上らせている城を見て愕然《がくぜん》とした。

「のえる……何した……？」

「SATを突入《とつにゅう》させただけよ」

「……SATって？」

「警察の対テロ部隊」

「そんなもん突入させるなよ！」

「これでもいろいろ考えたのよ。弥生ちゃんなら、シャイニィに隙《すき》を作る事ができるんじゃないかとか」

「いや……僕《ぼく》が言いたいのはそういうことじゃなくてさ」

「まあまあ、」

「さあ、舞踏会《ぶとうかい》よっ！」

「……自分で城潰《つぶ》しといて、どーするんだよっ」

シンデレラ城は姿こそ留《とど》めていたが、残留する匂《にお》いで使い物になりそうもない。

だが、そんなことも彼女には計算済みだった。

「安心してよ、健ちゃん。こんなこともあろうかと」

びっ、と親指を立てて、シンデレラは背後にあるビッグサンダーマウンテンを指し示した。それは西部劇に出てくるような岩山をぐるりとめぐるジェットコースターのアトラクション。だったはずなのだが……。

立派な天守閣を持った戦国城が建っていた。

もはや健太は何からつっこんでいいかわからなかったが、

「貧乏《びんぼう》って設定はどこに……」と、つぶやいた。

「大丈夫《だいじょうぶ》よ、国費には一切手を着けてないから。全額自前でやってるのよ」

シンデレラは、この番組の放映権（地上波、衛星波、海外）、英国のブックメーカーに与《あた》えた、この勝負を賭《か》け事《ごと》にしていい公式ライセンシー、そして番組のソフト化によって生じるロイヤリティなどの金額をとうとうと説明し、費用は充分《じゅうぶん》に回収できるのだと、王子に説明した。

説明されても困ったが。

「舞踏会の始まりよ！」

ちなみに催涙弾で気を失ったほのかが目覚めるのは6時間後のことであった。

そんなこんなで12時の鐘《かね》が鳴り、

「とりあえず、さよーならー」

シンデレラは物語通り、王子に別れを告げて走り去った。

「あ、ガラスの靴《くつ》を置いていくの忘れた」

シンデレラは慌《あわ》てて靴を脱《ぬ》いで投げ、
王子の頭に命中させた。

気絶。

「すげぇシンデレラ……」

会場にいる者すべてが呆《あき》れ果てた。

「王子、ご無事ですか」

すぐさま白雪姫《ひめ》は部隊を突入させ、王子を奪還《だっかん》した。

そして自分は現場に一人残り、
ガラスの靴を踏《ふ》み潰した。

「これで証拠隠滅《しょうこいんめつ》……」

「白雪姫もかよ……」

会場にいる者すべてが呆れ果てた。


白雪姫に一回、シンデレラに一回と、公平に気絶させられた王子が目覚めると、そこは絢爛豪華《けんらんごうか》なチャペルであった。

すでに白雪姫はウェディングドレスを身にまとっている。

健太は驚《おどろ》いた。

「た、たしか、城にガラスの靴が落ちていたような……」

「そのような遺留品は発見されておりませんが」

「え……」

健太は自分が気絶していた間に彼女が何をしたのかだいたい想像ついた。

「さて、結婚式《けっこんしき》を始める前に」

そう言って白雪姫はマイクを手に取ると、そばにいたカメラに向かって、こう言い放ったのだった。

「シンデレラは偽《いつわ》りの姿で王子の心を射止めようとしたために、証拠を一つ失っただけで、二度と王子と会うことができなかったのでした」

すると、着メロが鳴った。

それが自分のポケットから出ている音だと気づき、健太は取った。

自分の携帯《けいたい》ではなかった。誰《だれ》が、いつの間に入れたものなのだろうか。

「あ、もしもし」

『今から会いに行くね～』

と、能天気な声が届いた途端《とたん》、

ダン、と扉《とびら》が蹴《け》り放たれ、少女が現れた。

シンデレラだ。

その手には、健太が手にしているのと同じ携帯電話が握《にぎ》りしめられていた。

「そ、そんなのあり……？」

シャイニィは絶句した。

「て、いうか、今更《いまさら》こんな小細工に驚かれても困るんだけど……」

「いつの間に……」

健太も絶句していた。知らぬ間にポケットに入れられていた携帯を見る。

「あれ、前に言わなかったっけ？　あたし、ニューヨークにいた時、スリやってたって」

「わ〜〜〜〜っ！　これ全世界中継《ちゅうけい》なんだよ！」

中継された。

「………現職の総理大臣がスリなんて……、スリなんて……」

健太は頭を抱《かか》えた。

無理もない。万引きされたジュースを飲んだだけで、目の前が真っ暗になるような彼に、
平然とそんな過去を口走れるのえるの神経が許容できるわけもなく、
果てしなく、果てしなく落ち込んだ。

「やーねえ健ちゃん。冗談《じようだん》よ、いつもの」

「………」

平然とこんな状況《じようきよう》で冗談を口走れるのえるの神経が許容できるわけもなく、果てしなく、果てしなく落ち込んだ。

「健ちゃんはどこまで行っても健ちゃんだね……」

「のえるはどこまで行ってものえるだよ……」

と、二人が普段《ふだん》通りの会話を交《か》わしている場所から離《はな》れて、シャイニィが立ち尽《つ》くしていた。

悔《くや》しいのか、悔しくないのか、薄《うす》い表情からは見てとることはできない。

ただ、ひどく孤独《こどく》に見える。

のえるは彼女に話しかけた。

「どうして、城から一歩も出なかったの？」

シャイニィは小さく首を振《ふ》った。

「わからない」

「白雪姫《ひめ》は王子さまに助けられるまで一歩も森を出なかったから？　それとも——健ちゃんに悪いって思ったから？」

「ノエル……」

「なに？」

「私は……、どうしたらよかったのかな……」

「どうしたかったの？」

「私はケンタを利用したのかな？」

「好きでもないのに、結婚しようって言ったの？」

「違《ちが》う」

シャイニィは小さく首を振った。

「じゃあ、シャイニィは悪くないよ」

のえるの表情は優しかった。彼女の肩《かた》に手を置き、励《はげ》ますように言う。

だがそれがシャイニィの心をなおさら痛くさせたようだった。

彼女はうつむいたまま、自己を否定するように何度も首を振った。

「私は、ケンタが一番好きなわけじゃなかったのに」

「でもその人は、好きでもないのに、結婚しようって言ったんだよね」

「………」

「ダメだよ。そうやって自分ばっかり悪いふう悪いふうに責めていっちゃ」

「え……」

驚《おどろ》いて、シャイニィはのえるを見上げた。

同じ言葉を、のえるが口にしたからだ。

「みんな、それなりに自分勝手なんだからさ、自分ばっかり、わがままだわがままだって責めてたら自分が可哀相《かわいそう》だよ。自分を生かしてあげられるのは自分だけなんだからさ」

シャイニィは、ただうなずいた。

瞳《ひとみ》の淵《ふち》に、涙《なみだ》が浮《う》かんでいた。

するとのえるは照れくさそうに頭を掻《か》き、

「あのさ、あたし、ガラスの靴《くつ》がなくてもシンデレラは、幸せになれたと思うんだよね」

「え……」

「王子がホントにシンデレラを好きになったのなら、そんなものがなくたって、何が何でも捜《さが》しだしたはずだし、シンデレラだって何だってできたはずよ。魔女《まじょ》を脅《おど》かして、もう一度魔法をかけさせたりさ」

さすがにそこまではしないかもしれないけれど、とのえるは笑った。

「よーするにさ、大事なのは今からどうするかってことよ。過去の失敗なんて、だいたいどーにもならなくてそうするしかなかったんだからさ、そんなのいちいち苦にしてたって足が重たくなるだけよ」

「はい」

「本気なら覚悟《かくご》を決めて、しきたりもルールもブッちぎって何でもやればいいの」

「はい」

シャイニィはまるで幼子のようにうなずいた。

「……なんてね。ホントは4年前に言ってあげられたらよかったんだよね」

「はい……」

と、うなずいて、シャイニィは慌《あわ》てて首を横に振った。

あはははは、とのえるは笑い。

「居直れ！　居直った人間は強いわよ～っ」

すると、シャイニィはなぜか別のことに納得《なっとく》したようだった。

「……やっぱり、ノエルだったんですね」

「え、何が？」

「勝てないはずです」

「何がよ～」

「教えません」

シャイニィはくるりと背を向けた。
だからのえるは一瞬《いっしゅん》しか見ることはできなかったが、
彼女は微笑《ほほえ》んでいた。

そんな時。

ぱーん、とクラッカーが鳴った。

びっくりした三人の頭上で、くす玉が割れた。

いつの間にか、天井《てんじょう》に仕掛《しか》けてあったのだ。

「な、なに？」

健太が目を白黒させていると、タキシード姿に蝶《ちょう》ネクタイと非常にわかりやすい格好をした矢島直樹が現れた。彼の手にはマイクがあった。

「さあ、長谷川健太くんにどっちが好きか選んでもらいましょーっ！」

「ど、どういうことだよ、矢島⁉」

「どうもこうも、言った通りだが」

「違《ちが》うだろ、そんな話じゃなかったよ！」

矢島直樹はくす玉からぶら下がっている垂れ幕に視線をうながした。

『ついに決定！　長谷川健太、愛の告白』と、ある。

最初から仕組まれていたのだ。

「聞いてないよ〰〰〰っ！」

「そりゃ、お前が絶対に拒否《きよひ》するってわかってたからナ」

「やーじーまーっ！」

健太は火がついたように怒《おこ》るが、直樹は半眼でにらみ返すと、

「じゃあなにか？　あのままアイツらに経済戦争続けさせてもよかったのか？　こういうレベルに話を落としていかないと、東京、ロンドン、ニューヨーク、同時株安がますます悪化して、そのうち世界恐慌《きょうこう》だ。失業、インフレ、自殺、麻薬《まやく》、犯罪……、ありとあらゆる悲劇が巻き起こるようになるんだぞ。それでもかまわないのか？　止めることができるのはお前だけなんだぞ」

「そ、そうだけど……」

すると、直樹は笑顔で健太の背中を叩《たた》き、

「な〜んてな。そんなのはどうでもいいんだ。大事なのはお前の気持ちだろ？　この際、世界なんかひっくり返すぐらいのつもりで思ったままを言っちまえよ」

「おまえ……」

「なんだよ、まだ文句言い足りないのか」

「いいヤツだな」

「今頃《いまごろ》わかったのかよ」

直樹は言うと、健太にデコピンを食らわした。

「んじゃ、ウソつきは退場するわ」

手をひらひらと振《ふ》って、がんばれよ、とエールを送る。

そんな直樹を、健太は引き留めた。

「なんだよ」

「あのさ、矢島……」

健太は頭に手をやりながら、尋《たず》ねた。

「台本とか、ない？」

「おーまーえーなァ！」

つめよる直樹に、健太は情けない声を上げた。

「だって、無責任なこと言えないじゃないか」

「無責任じゃないコト、言えばいいだろ」

「いま好きでも、未来も好きとは限らないだろ」

「あのなー。そんなの死ぬまでわかるわけないだろ。お前はそーやって逃げてるだけなんだよ。お前のことだ。どーせ恋をするなんて自分にはまだ早いとか、もっともらしい自己正当化でもしてたんだろ」

「うっ……」

「お節介ついでだ。自分の気持ちをすぐ知る方法が一つだけあるんだが……」

「あるの？」

「俺《おれ》が決める。シャイニィ、その通り読め」

直樹はマジックで台本に書き殴《なぐ》ると、健太に手渡《てわた》した。

「読めよ。台本書いてやったぞ」

「………」

答えられずにいる健太を見て、直樹は背中を叩いた。

「わかってんじゃねーか、答えはさ」

健太は、うなずいた。

そして、彼女たちのほうを振り向き、

「あのさ……」

言いかけた時だった。

どん、という音がして、チャペルのステンドグラスというグラスが割れた。

撃《う》ち込まれたものを見て、シャイニィはすべてを悟《さと》った。

「逃《に》げてっ！」

すべては遅《おそ》かった。

直後、チャペルの中は閃光《せんこう》と爆音《ばくおん》につつまれた。

♣

アルカンタラの国旗を記した飛行機は、すでに銀色に輝《かがや》く一点として、南の空に消えようとしていた。

「…………っ」

のえるは唇《くちびる》を噛《か》んだ。自分の油断が恨《うら》めしかったのだ。

爆発は、催涙弾《さいるいだん》と同じく暴徒鎮圧《ちんあつ》用に開発された閃光弾によるものだった。

人は激しい光や限界を超《こ》えた音量を受けると身動きが取れなくなってしまい、最悪、意識を失う。その習性を利用した非致死《ちし》兵器であった。

殺してはいけない、というルールが生まれると、殺さない範囲《はんい》で限りなく殺そうと頑張《がんば》るのが人間なのだろうか。王位争奪《そうだつ》に関して、無辜《むこ》の市民を巻き込んではいけないと厳しい掟《おきて》を課しているアルカンタラならではの兵器であった。

ゆえに犠牲者《ぎせいしゃ》も、気分を悪くした者や、ふらついた状態で無理に逃げ出そうとして、割れたステンドグラスの破片が刺《さ》さってしまった者とか、そんな程度であった。

姿を消した者が二人ほどいたが。

「どうして、長谷川が」

首を傾《かし》げる大鳥宮乃に、のえるは言った。

「シャイニィが殺されるのかと思ってかばいに入ったのよ、きっと」

それで一緒《いっしょ》に連れていかれちゃったんだわ、と。

悔《くや》しげな物言いは、健太の行動を愚《おろ》かだと揶揄《やゆ》しているようにも聞こえたが、もちろんそうではない。

(あたしが守れていたら――)

アルリオンが何らかの行動を起こすことは予想の範疇《はんちゅう》であったのだ。

それだけに自分が腹立たしい。

すぐそばには一万台以上の自動車を置くスペースのある広大な舗装《ほそう》地があったのだ。

今日は休園日。駐車場はガラガラだった。

飛行機を強行着陸させ、シャイニィを連れ去っていくことも——。

「なに深刻な顔してるのよ、アンタらしくない」

宮乃が、からかうように言った。

「自衛隊で追いかければいいじゃない。アンタ、総理大臣なんでしょ」

さも名案と言わんばかりにつぶやく。

「いや、無理だと思うぜ」

と、口を挟《はさ》んだのは矢島直樹だった。

「自衛隊の戦力じゃ追いつけるのは戦闘機《せんとうき》ぐらいだし、追いついたって撃墜《げきつい》するわけにもいかないだろ。そのうち自衛隊の飛行機じゃ届かないところまで脱出《だっしゅつ》される」

「それじゃ……」

宮乃は言葉を失った。しかし、のえるが言葉を継《つ》いだ。

「こっちも切り札を使うまでよ」

「切り札？」

ええ、とのえるは目を不敵に輝かせた。

手にしていたのは携帯《けいたい》電話だった。

「それで、何を……？」

困惑《こんわく》する一同の前で、のえるはあらかじめ登録してある短縮ダイアルを押《お》すと、こんなことを口走るのだった。

「あ、ハロー！　貸して欲しいものがあるんだけど……」

第5章 世界の何より大切な

地球の裏側はまだ真夜中だった。

「いきなり何事かね。ミス総理大臣」

直電で叩《たた》きおこされたアメリカ大統領の声はどこか不機嫌《ふきげん》そうだった。

「日米安保条約に基づいて米軍の出動を要請《ようせい》するわ」

「な、なにか日本で起こったのかね？」

「健ちゃんが誘拐《ゆうかい》されたのよ」

「……そのようなことのために米軍は存在しているわけではないのだが」

「何言ってるの？　ディズニーランドがいきなり武装集団の攻撃《こうげき》を食らって、一般《いっぱん》市民が連れていかれちゃったのよ！　これをテロと言わずになんて言うの⁉」

「テロ⁉」

大統領はただちに第七艦隊《かんたい》の出動を命じた。

アメリカの対応は素早《すばや》かった。

大統領はただちに、「アルカンタラ王国の在米資産の凍結《とうけつ》」「貿易の禁止」「大使館員の追放」などの政策を打ち出し、国連安保理にも非難決議を上程することを決定した。もっともこれは中国が拒否権《きょひけん》を発動して否決されそうだったが。

とはいえ逆風といえばそれぐらいのもので、日本が禁輸措置《そち》に抗議《こうぎ》した時は、別段どの国も同調してくれなかったにもかかわらず、アメリカが動き出した途端《とたん》、世界中の各国がアルカンタラに対して同様の措置を執《と》り始めた。

国際正義ってそんなものだった。


そんな世界の流れも知らず、アルカンタラへと向かう飛行機は雲海の中を進んでいた。

その中では、兄と妹が対峙《たいじ》していた。

「シャイニィ、どうしてボクの気持ちをわかってくれないんだ」

「私は、わかっているつもりです」

飛行機は、軍用輸送機を改造したもので、アルリオンの個人機も兼《か》ねている。そのため機体の前部は寝室《しんしつ》や執務《しつむ》室など彼のプライベートスペースになっており、兵士たちが乗り込む貨物室のような空間とはまったく趣《おもむき》を異にしていた。

兄妹は執務室のデスクを間に、微妙《びみょう》な距離《きょり》をおいて向き合っている。

この部屋《へや》にいるのは、この二人と、健太、副官オルトロスの四人だけだ。

「なぜ殺さなかったかわかるか？　シャイニィ」

「獅子の御魂《アル・ガ・ハウ》を無事に手に入れたいからでしょう」

「何を言う。お前を愛しているからではないか」

愛、という言葉にシャイニィはわずかな反応を見せた。

だが、もううつむくことはない。

「……なら、どうしてケンタに銃《じゅう》をつきつけているのです？」

ケンタが縛《しば》られた状態で床《ゆか》に転がされ、オルトロスによって銃を頭につきつけられていたからだ。

「暴れ出さないように取り押さえているだけだ」

「人質のように見えます」

「安全は保障する」

「なら、今すぐケンタを自由にしてください」

「それはできない」

「…………」

シャイニィは悲しくなった。

信じていた人に、いま、自分は脅《おど》かされているからだ。

「兄様は、私を信用してはくださらないのですね」

「信じているさ」

「ならケンタを」

「紋章が先だ」

「……」

「仕方ないな」

アルリオンは悲しそうに首をふった。

するとオルトロスは健太をつかみ上げ、ハッチまで移動する。

（えっ……）

口にガムテープを貼《は》られている健太は、悲鳴をあげることもできず、ただ青ざめた。

オルトロスがハッチの開閉レバーに手をかけたからだ。

（ま、まさか……！）

「お前の望み通り、彼を人質にすることにしよう」

シャイニィは獅子の御魂《アル・ガ・ハウ》を握《にぎ》りしめた。

渡そうとして、ためらう。

渡したところで健太の安全が守られる保証はないのだ。

シャイニィは唇をかんだ。

「……」

「渡さなければこの男を捨てる」

(えええええ〜っ!!)

オルトロスの顔にはまったくの憐《あわ》れみも浮かんでいなかった。

あまりに冷静な目をしているので、健太は自分がゴミになったような気持ちになった。

オルトロスにとっては、僕を捨てることなどその程度の意味合いなんだろう、と。

健太は絶望のあまり天を仰《あお》ごうとし、貧相な天井《てんじょう》しか見えなかったので窓から外を見た。

手を振《ふ》るのえるが見えた。

最後にのえるの顔が浮《う》かぶなんて、やっぱり僕《ぼく》はのえるが好きだったのかな、と思った。

窓の外にいるのえるは、ハッチの付け根にあたる部分をいじっているようだった。

まるで、外からこじあけようとしているような。

(な、なんで、幻覚《げんかく》ののえるがそんなことするんだよ……)

健太は、もう一度よく窓の外を見た。

飛行機は雲海を飛行しており、薄暗《うすぐら》い霧《きり》の中を進んでいるようであった。

のえるの背中からは、ワイヤーロープみたいなものが斜《なな》め上方に向かって伸《の》びており、目をこらしてよく見ると、その先には巨大《きょだい》な翼《つばさ》を広げた輸送機が飛んでいた。

（ま、まさか、あの飛行機から飛び降りてここまで……）

すると、のえるがワイヤーロープを外した。

その途端、外壁《がいへき》に張り付いていた彼女の身体《からだ》がふわりと浮いた。

（のえるっ!!）

するとだ。バクンと音がして、開いたハッチからのえるが躍《おど》り込んできたのだ。

気圧差で健太が外に投げ出されることを恐《おそ》れたのえるは、ボディプレスをかけるかのように健太に向かって飛びこむと、身体ごとぶつかって反対側の壁《かべ》まで滑《すべ》った。

オルトロスがハッチを閉めるために手放した銃が宙を舞《ま》う。

それを奪取《だっしゅ》せんとアルリオンが走った。

だが反応速度の速さにおいて、のえるは桁違《けたちが》いだった。

壁を蹴《け》って飛び、銃を拾い上げると、それをシャイニィに向かって投げた。

そして自分は一回転して着地し、軽く身をひねって、回し蹴りをかかとからアルリオンに叩《たた》きこんだ。

強烈《きょうれつ》な一撃《いちげき》を腹部にくらったアルリオンは、自分を抱《かか》え込むようにして倒《たお》れこんだ。

「アルリオン様！」

駆《か》け寄ろうとしたオルトロスに、シャイニィが銃口を向けた。

ニヤリと、のえるは笑《え》みを浮かべた。

「勝負あったわね」

（あったわね、じゃ、ないだろ〰〰〰っ！）

ふがふがと健太が声を上げた。

のえるはさっそく健太を拘束《こうそく》していたガムテープや縄《なわ》をほどいた。

健太は助けてくれたのえるにまず礼を言い、その10倍ほど無謀《むぼう》な行動を責めた。

「爆撃機《ばくげき》みたいに対空火器を積んでるわけじゃないから、突入は意外と安全なのよ」

雲があったおかげでそっちのレーダーにも探知されなかったみたいだし、とのえる。

「高度何メートルだと思ってるんだよ」

「何メートルでも同じよ。ちゃんとワイヤーっていう命綱《いのちづな》があったんだから。大丈夫《だいじょうぶ》よ、バンジージャンプと同じ同じ」

「最後に外したじゃないか！」

「だってそうしないと機内に入ってから自由に動けないじゃない」

「海に落ちてたかもしれないんだよ！」

ぷんぷんと怒《おこ》る健太の態度がのえるには意外なようだった。

「なんで健ちゃん怒るの？　誉《ほ》めてくれると思ったのに」

「決まってるだろ、こんなに危ないことして！」

「おっかしーなー」

のえるは首を傾《かし》げた。

命がけで助けたから最上級で誉めそやしてもらえると思っていたのだ。

心の中で賛美の言葉を色々想像していただけに、当てが外れてなんだか不本意。

と、ふくれているのえるの背後で、アルリオンが机の引き出しから何かを取り出そうとしていた。

「ノエル、後ろ！」

シャイニィの叫《さけ》びにのえるは振り向く。

すでにアルリオンは銃《じゅう》を手にしていた。

「健ちゃん、伏《ふ》せて！」

と、彼を突《つ》き飛ばすアクションを取ったせいで、反応が一つ遅《おく》れてしまった。

相手が自分めがけて発砲《はっぽう》するのに充分《じゅうぶん》な時間を与《あた》えてしまった。

「死ね！」

アルリオンは射撃《しゃげき》した。

のえるは身を沈《しず》めた。その頭上を一発の弾丸《だんがん》がかすめ飛んだ。

無論、彼女はただ避《よ》けるために姿勢を下げたわけではない。

前方へ飛ぶように身をかがめたのえるは、床《ゆか》に手をついて、身をひねる。

足はアルリオンの顔面を狙《ねら》える高さだ。

立ち蹴りよりも遥《はる》かに高い打点に届いた彼女の足は、最初の一撃で銃を、次の一撃で彼の頬《ほお》を蹴り飛ばした。

アルリオンは歯の何本かが確実に折れるのを感じた。己の血の飛沫《ひまつ》を見た。

その向こうから、のえるが迫《せま》る。

立ち上がった彼女は、一気に間合いを詰《つ》めた。

激しく壁に叩きつけられたアルリオンは、息をすることもできない。動けるわけもない。

終わった。

誰《だれ》もがそう思った瞬間《しゅんかん》だった。

「待って、ノエル」

告げたのは、シャイニィだった。

「これは私と兄様の問題だから」

そう言って、進み出る。

手には銃が握《にぎ》られていた。

「シャイニィ……」

のえるは拳《こぶし》を止め、退いた。

するとだ。

シャイニィは銃をアルリオンに向かって投げたのだ。

「シャイニィ！」健太とのえるが同時に叫んだ。

「っ！」

反射的に銃を拾いあげるアルリオン。

目の前、数歩の距離《きより》には、素手のシャイニィがいた。

その銃口に彼女をおさめる。引き金に指をかける。引く。

……引こうとして、止まる。

武器を何も持たぬシャイニィが、一歩、進み出たからだ。

「兄様。獅子の御魂《アル・ガ・ハウ》が欲しければ、私を撃《う》ってください」

「………っ」

アルリオンは銃把《じゅうは》を握りしめたまま、一歩退いた。

「……撃たなければ？」

「ふたりで王位を捨てましょう」

シャイニィは答えを迫るように、さらに一歩進み出た。

アルリオンはなおも退こうとした。が、背中に壁《かべ》の感触《かんしょく》を感じた。

「………」

銃を握る手を、再びゆっくりと上げてゆく。

「のえるっ！」

健太がうながした。アルリオンを止めようと飛びだそうとしていた。のえるはそんな健太を手で制した。

アルリオンは銃把を握りしめたまま、いまだ銃口をシャイニィに向けずにいるからだ。

のえるは祈《いの》るような気持ちで見つめた。

シャイニィもアルリオンを見つめた。

ただ一心をこめて。

「………っ！」

アルリオンは唇《くちびる》を嚙《か》んだ。

その心を、どんな迷いがせめぎ合っているのだろう。銃を持つ手を震《ふる》わせながら、それでもその腕《うで》は胸の高さまで上がっている。

あとは、その銃口をシャイニィに向けるだけだ。

「ダメだよ！　撃っちゃ！」

健太が叫んだ。

「シャイニィはたった一言、ホントの言葉を聞きたいだけなんだ！　その言葉を聞くことができたら、信じることができるんだ。王位なんかいらないって言えばいいんだよ！」

「いい加減なことを言うな」

アルリオンは狙《ねら》いをシャイニィに定めた。

「なんで、信じないんだよ！」

それでも、彼女は身じろぎもしない。

まっすぐな瞳《ひとみ》で、彼を見つめている。

彼の一言を待っている。

彼の口が開かれた。

「シャイニィ……、いい子だから、獅子の御魂《アル・ガ・ハウ》を渡《わた》すんだ」

その言葉を耳にして、

シャイニィは悲しく首を振《ふ》った。

「！」

彼は、引き金を引いた。

弾丸《だんがん》は、彼女をかすめて消えた。

あとには、悲しく歪《ゆが》むシャイニィのまなざしだけが残った。

「うあああああああああっ！」

アルリオンは狂《くる》ったように引き金を引いた。

カチッ、
トリガーが軽い。

カチッ、カチッ、カチッ、
何度引いても、弾丸は出てこない。

乾《かわ》いた音を刻むたび、アルリオンの顔は青く染まっていった。

のえるが進み出た。

「一発で充分じゃないの？　アンタの気持を教えるにはさ」

「……」

そんな彼の目の前に、くるくるくると回転しながら床《ゆか》の上を滑《すべ》ってくるものがある。

獅子の御魂《アル・ガ・ハウ》だ。

シャイニィは言った。

「差し上げます」

「え……」

驚いたのはアルリオンだけではない、健太もだ。

「シャイニィ！　なんてことするんだよ!!」

慌《あわ》てて拾おうとする健太を、シャイニィが止めた。

「いいの、ケンタ」

「でも」

「兄様は迷った。それで充分《じゅうぶん》です」

「で、でも、紋章《もんしょう》を渡したら……」

アルリオンはシャイニィを生かしておく理由がなくなるのだ。

「ケンタ、言ってくれたでしょう？　決まりがどうとかじゃなくて、自分がどうしたいかだって。私は兄様に死んで欲しくなかった。だからそうした。それで殺されるのなら、それでもかまわない」

シャイニィはそう言い放つと、アルリオンに向き直り、告げた。

「兄様、受け取って。そして王になって」

アルリオンはハッとなった。

そう言われるまで、目の前にあった紋章に手を出すことすら忘れていた。

「……………」

どうしてだろう、焦《こ》がれるほど欲したものなのに。

アルリオンは紋章を握《にぎ》りしめながら、どうして気持ちが虚《うつ》ろに満たされていくのか、わからなかった。

「王子、立派な王になることです」

オルトロスが肩《かた》を叩いた。

そして、さわぎを聞きつけて現れた兵士たちに命じたのだ。

「王女を処刑《しょけい》せよ」

「やめろ、オルトロス」

アルリオンが叫《さけ》んだ。

しかしオルトロスは眉《まゆ》ひとつ動かすことなく命じた。

「かまわん、撃て」

兵士たちは銃をかまえた。一秒の乱れもなく。

「ど、どういうことだオルトロス、彼らに何をした！」

「何を驚いているのです王子？　彼らは昔からそうでしたよ、私だけの言うことを聞くように」

「なっ……！」

「もともとあなたの部下などひとりもいなかったんですよ。初めから」

「だ、騙《だま》していたのか……！」

「人聞きの悪い。あなたは昔から私の言いなりだったではないですか」

「どういうことだ……？」

「あなたに殺された兄弟たちは、誰もあなたを裏切ってなどいないのですよ。あなたが攻《こう》撃《げき》されたと勘違《かんちが》いしただけで、みんなあなたとの約束を破りなどしなかったのです」

アルリオンは動かない右手をあげた。

「だったらこの手は何だ！　誰が私の手を奪《うば》ったんだ！」

オルトロスの唇が不敵に歪んだ。

「ま、まさか……」

「私が弟殿下の名義で送った爆弾を、あなたがバカ正直に信じたというだけです」

「そ、そんな……」

「もっとも私は注意したはずですがね。危険物かもしれないので開けずに捨てましょう、と。弟がそんなことをするわけがないと私の諫《いさ》めも聞かず、封《ふう》を開いたのは王子、あなたですよ」

「…………」

アルリオンは空気の抜けた風船のようにしなしなと崩《くず》れ落ちた。

「そうです」

オルトロスは満足げにうなずいた。

「王子は私の言うことを聞いていればいいのです。そうすれば王位につけてさしあげます」

「…………」

うつむいたままアルリオンは何も答えない。

ただ、震《ふる》えている。

その姿をオルトロスは一瞥《いちべつ》し、兵士たちに命じた。

「撃て！」

兵士たちは何もためらわず、シャイニィに向かって発砲《はっぽう》した。

その時だ。

「撃つな！」

アルリオンが、飛び出したのだ。

「なっ……」

誰《だれ》もが彼の行動に驚いた。

彼の身体《からだ》に数発の穴が空《あ》き、一つは彼の命に届いた。

「ぐっ……！」

二発、三発、背中から突入《とつにゅう》してくる何かを感じたアルリオンは、身体が吹《ふ》き飛ぶような感覚に襲《おそ》われながら、目は、彼女を見ていた。

守ろうとした彼女は、瞳《ひとみ》を大きく見開き、呆然《ぼうぜん》と自分を見つめていた。

無理もない、と彼は思った。

それだけの裏切りを、自分は彼女にしてきたのだから。

自分でも、なんでこんなことをしたのかわからなかった。

ただ、思ったのは、
彼女を守れてよかった、ということだった。

それは自分でも気づかずにいた本心なのか、それとも彼女に対するただの贖罪《しょくざい》なのか。

四発目の弾丸《だんがん》が頭部を撃《う》ち抜《ぬ》いた今となっては、わからなかった。

「兄様！」

真っ先に駆《か》け寄ったのはシャイニィだった。血で汚《よご》れることもかまわず、アルリオンを抱《だ》きあげる。兄の名を何度も何度も呼び、手を握り、意識を確かめようとする。すでに絶命していることも知らず。

「ば、馬鹿《ばか》な……」

オルトロスは愕然《がくぜん》と、目の前の光景を見つめていた。

「なぜ、逆らった……！」

その声には怒りがあった。

「黙って従えば王位につけてやるといったのに……愚かな」

「誰が愚かなのよ……！」

のえるは拳《こぶし》を握りしめていた。

我慢《がまん》することなどできない。鋭《するど》い眼光、全身から匂《にお》いたつような殺気。

立っているその姿だけでオルトロスは恐怖《きょうふ》した。

「う、動くな！　撃つぞ!!」

数人の兵士が射撃《しゃげき》姿勢に入った。

「いかなお前でも、自分の命を守りながら、同時に二人をかばうことなどできまい！」

兄の名を泣くように叫《さけ》び続けるシャイニィの声がする中、オルトロスは殺意に満ちたまなざしをのえるに向けた。

「泣いても無駄《むだ》だ。俺が育てたスナイパー部隊は頭、心臓、大腿部《だいたいぶ》を確実に狙撃《そげき》する」

どうしてそんなことを口走れるのか。

のえるの握りしめた拳は、怒《いか》りで真っ白になっていた。

「どうして、こんなことを……！」

「男が権力を手に入れようとすることに理由なんかいるのか？」

「なっ……！」

のえるは絶句した。

「こんなことで驚かれても困るのだがな」

オルトロスは言った。

のえるは体の震えが止められずにいる自分を知った。

「命が惜《お》しくなってきたか」

のえるはオルトロスをにらみつけた。

「4年前にね、シャイニィが話してくれたの。これから戦いが始まるけど、兄妹で戦うなんてやめようってお兄さんと約束したんだって。とても嬉《うれ》しそうに話してくれた。あたしは昔のアルリオンを知らないけど、シャイニィは本当に喜んでた」

「敵は油断させるに限るからな。戦わずに王になる方法があるから、と教えたらコイツは喜んでほいほい誰にでも約束しにいったよ」

「なんでそんなに楽しそうに話せるのよ……」

「約束に励《はげ》んだ分、裏切られ、コイツは兄弟に対して疑いの心を深めていった。面白いさ。だってそうだろう？　一人の人間が思い通りに動いていくんだからな」

「……初めからそのつもりだったの？」

オルトロスは鼻で笑った。

「子供を導くには、騙《だま》すのが一番だろう」

「ふざけないでっ！」

のえるが吠《ほ》えた。

「死にたいか！」

オルトロスは手を挙げた。

「この手を降ろしても、いいのかな!?」

「賭《か》けるんなら自分の命賭けなさいよ！」

ダダダダダ！


のえるが叫んだ途端、外から砲火の音がして、機体が大きく揺《ゆ》らいだ。

見ると、右翼《うよく》から火の手が上がっていた。

「貴様！ 何を!!」

見ると、のえるの喉《のど》にはチョーカーのようなアクセサリーが巻かれていた。

わずかな震動《しんどう》から声を拾うためのワイヤレスマイクであった。すぐ上を飛んでいる米軍機に攻撃指令を送れる仕様なのだ。

「次はこの飛行機、墜《お》とすわよ」

「ええええーっ！」健太が驚いた。

オルトロスは一笑に付した。

「できるわけがあるまい、自分も死ぬんだぞ！」

「だったらあたしを撃てばどう？」

「ぬ……」

オルトロスはためらった。

彼女からは確かに、自分にはないものを感じたからだ。

「命が惜しくないのか？」

「アンタが許せないのよ」

のえるは歩き出した。

「そんなことのために自分の命を引き換《か》えにするというのか」

「そんなこと？　アンタにとって人の命ってそんなことなの？」

彼の前に立ったのえるは掲《かか》げられた彼の手首をつかんだ。

「くっ……！」

オルトロスがうめく。

それほどの力、のえるはそれほど強い力で彼の手首を握《にぎ》り締《し》めたのだ。

「自分だけ安全な場所にいて、人の命をもてあそんでばかりいたアンタには、死んでもわからないわ」

そしてのえるは彼の手首をそっと降ろすのだった。

兵士たちもまた、銃を降ろした。

オルトロスはがっくりと頭《こうべ》を垂れた。

「って、どうするんだよ！　このままじゃアルカンタラに着く前に墜落《ついらく》だよ」

健太が言うまでもなく、機体の揺れは次第《しだい》に激しくなりつつあった。

右翼から上がった火の手はいよいよ強くなっていた。

「やりすぎちゃったかな？」

「すぎたか、じゃないよ！」

「大丈夫よ、脱出すればいいだけじゃない」

「どうやって!?」

「普通《ふつう》、人数分のパラシュート積んでるものでしょ？　この手の飛行機は」

見切り発車もいいところだった。


機体後部のハッチから、兵士たちは次々と高度5000メートルの空へ身を投げ出していった。

アルリオンの遺体は、兵士の一人が抱《かか》えて飛び降りた。

訓練を受けていないオルトロスやシャイニィも抱えられて飛び降りることになった。

「健ちゃん、タンデムを装着するからこっち来て」

と、二人用のパラシュートをつけたのえるが声をかけたその時だ。

「行かせるかッ！」

叫《さけ》びと共に、駆《か》けだした男がいた。

オルトロスだった。

のえるを突《つ》き飛ばそうとしたのだが、のえるはとっさに足下にあったロープをつかんで、オルトロスの足を引っかけた。

たたらを踏《ふ》んだオルトロスは空に放り出された。

だが彼は末期《まつご》の執念《しゅうねん》を見せた。

健太の腕《うで》をつかむと、彼を道連れにしたのだ。

「健ちゃん！」

のえるはつかんでいたロープを投げた。

健太はつかんだ。

つかんだけれども、綱《つな》はするすると手の中を滑《すべ》ってしまう。

空気の壁《かべ》がすごい圧力で自分を機体から引き離《はな》していく。

「あああああっ！」

健太の命を救ったのは、ロープの端《はし》にあった留め金だった。

落下はそこで止まり、彼の腕をつかんでいたオルトロスの手は外れた。

彼の体はそのまま小さな一点となり、永遠に消えた。

「健ちゃん、頑張って！」

ロープの片方をのえるが握《にぎ》った。懸命《けんめい》な勢いでたぐりよせる。

時速数百キロの風の中で、人間は呼吸することなどできない。

ましてや極限状態の中だ。体内の酸素はあっという間に使い果たされ、常人なら一分もしないうちに意識を失う。

そんなことは知らない健太は、またたく間に力を失ってゆく自分を情けなく思った。

そして気づいた。

のえるはどんな時でも僕《ぼく》を助けてくれたな、と。


手が、離れた。


その瞬間《しゅんかん》、のえるは空に飛び出していた。

何の迷いもためらいもなく、床《ゆか》を蹴《け》って、飛び出した。

「ノエル！」

叫ぶシャイニィの声はたちまち風の中に消えてしまう。

のえるは高度の差を埋《う》めるべく、身体《からだ》を小さくした。

重力による自由落下は、質量にかかわらず等しく働くが、空気抵抗《ていこう》は身体が小さいほど少なくなるからだ。

追って、追って、危険高度を突破《とっぱ》してもパラシュートを開かず、健太を追う。

雲を抜《ぬ》けたのえるの前に一面の海が広がった。どこまでも青い太平洋が頭上にあった。

地球はもう間近なところに迫《せま》っていた。

彼女は何も考えていない。

不安も恐怖《きょうふ》も、何もない。

ただ、健太だけを目の前にし、彼に追いつくことだけが今の彼女のすべてだった。

その覚悟《かくご》こそが彼女の強さであり、危うさであった。

だが、そんなことも彼女にとってはどうでもいいことなのだろう。

健太の手をつかみ、抱《だ》き留め、ハーネスを留め、パラシュートを開く。

腕の中の健太は真っ白だった。

酸素欠乏《けつぼう》状態が何分か続くと脳障害が起こる。

のえるはためらわず唇《くちびる》ごしに息を送った。

何度も、何度もして、健太の頬《ほお》に赤みを確認したのえるは、安堵《あんど》のまなざしをして言うのだ。

「あたしの優先順位はいつだって健ちゃんが一番だよ」

気絶している健太に聞こえてはいなかったが。

エピローグ

その後、健太たちは無事、米軍に救出された。

空母では先に助けられていたシャイニィが待っていて、二人のもとに駆《か》け寄ると、まず健太に謝った。

私たちの国のいざこざに巻き込んでごめんなさい、ということともう一つ、中途半端な気持ちで、好きとかいってごめんなさい、と。

健太は首を振《ふ》った。

「それでホントの気持ちがわかることだってあるよ」

シャイニィは力なくうなずいた。

しいてもらした笑みが精一杯の空元気のように思えて、健太は胸が痛くなった。

「私、王になります」

彼女はそう言った。

夕陽《ゆうひ》を映した瞳《ひとみ》は、炎《ほのお》のように強い光をたたえていた。

「今の制度を変えます。こんな思いをするのは私たちで終わりにしたいから」

シャイニィの言葉には、意志がみなぎっていた。

どう見ても無力にしか思えない細い身体から、言いしれぬ力を感じる。

風が吹いて、彼女の身体がよろめいた。

とっさに肩を支えようと手を貸して、健太は気づく。

彼女の顔にはまだ憔悴《しょうすい》が残っていたことに。泣いて腫《は》らした目許《めもと》は赤い。本当はまだ悲しくて仕方ないのだろう。

自分を支えるほどの気力も残ってないのに、そんなことを彼女は誓《ちか》ったのだ。

無理をしている、と健太は思った。

彼女の見せようとしている強さのうちの半分はウソなのだ。強がってみせているだけの書き割り。翼《つばさ》を痛めて飛べないことを隠して、悠然《ゆうぜん》と湖を泳ぐ白鳥のような。

それは出会った頃の彼女と重なって見えて、ひどく弱々しい。

けれど健太はそれを口にする気にはなれなかった。シャイニィはきっとそれを望んでいないだろうと思ったから。

彼女ははっきりと言った。

「だから、これは捨てません」

そう言って、彼女は獅子の御魂《アル・ガ・ハウ》を自分の首にかけた。

決してかけることをしなかった紋章《もんしょう》を、かけたのだ。

「これが私に出来る、せめてものことだから……」

「ダメだよ。自分を責めちゃ」

「ケンタ、それは違います」

「え」

「私がそうしたいからするだけです」

きっぱりと告げるシャイニィの姿はとても凜々《りり》しかった。

そのとき健太はなにかがわかったような気がした。

誓ってみせることが大事なんだ、と。

今は作り物の元気でも、そうありたいと願う気持ちは偽《いつわ》りじゃない。

自分を前進させるためのウソだってあるのだ。

だから健太は喜んで騙《だま》されることにした。

「できるよ、シャイニィなら」

海が黄金色に輝いていた。

覆《おお》っていた雲は消え、空はいつの間にか晴れていた。

その美しさは、なぜだかわからないけれど勇気を与えてくれる気がした。

シャイニィは立ち去ろうとして、一つだけ伝えておきたいことを思い出して、健太のもとへ戻ってきた。

どしたの？　と訊《たず》ねる健太に、彼女はそっと耳打ちをした。

私がケンタの名前を知っているのは、4年前、互《たが》いに好きな人を言い合った時、のえるが口にした名前を覚えていたからです、と。

そして甲板《かんぱん》の向こうへと消えていった。

のえるは、彼女が自分には何も言わず、ただにこりと笑みを浮《う》かべていったことがよくわからなかった。

「ね、健ちゃん。シャイニィ、なんて言ったの？」

「…………」

思わず健太はのえるから顔を背《そむ》けた。

びっくりして、びっくりして、あわせる顔も交《か》わす言葉もなかったからだ。

「なに？　二人してあたしに意地悪？」

のえるは唇をとがらせた。

「ち、違《ちが》うよ」

健太は情けない声を上げた。

のえるには、助けてもらった感謝だとか、ひどいことを言った謝罪だとか、いろいろ言う言葉を考えていたのだが、シャイニィから聞いた言葉で、そんなものは全部ふっとんでしまったからだ。

「何が違うのよう。こっち向きなさいよ」

と、のえるは両手で健太の顔をはさみ、無理やり自分の前に向かせた。

健太の顔がこれ以上ないほど真っ赤《まっか》になっていた。

「ど、どうしたの？　熱？」

「あ、いや……さっき、シャイニィから」

健太は、聞いたことをそのままそっくりのえるに言った。

「え……あ、聞いちゃったんだ」

「う、うん」

「まあ、そういうことよ。あたしは世界で一番健ちゃんが好き」

改めて言われて、健太は心臓が止まりそうになった。

「信じてくれた？」

「うん」

健太は大きくうなずいた。

「よかった」のえるも嬉《うれ》しそうだ。

「……でも、信じられないよ」

「なんで？」

「だって僕《ぼく》じゃ、のえると釣《つ》り合いが取れないだろ」

なに言ってんのよ〜、とのえるは笑った。

「あたしにとっては健ちゃんが一番よ」

のえるはこみ上げる感情に頰《ほお》を桜色《さくらいろ》に染めながら、胸の高鳴りのままに、自分の中にある最高の言葉を口にした。

「だってあたしが何やっても許してくれるのは健ちゃんぐらいなんだもん！」

「はぁっ⁉」

健太は思いきり顔をしかめた。

「そう、あたしには健ちゃんしかいないの。ラブ、フォーエバーラブ」

「……そ、それのどこが愛なんだよ！」

「愛よ」

「僕にかこつけて、のえるが遊びたいだけじゃないか〰〰〰っ！」

醒《さ》めた。ドキドキしていた気持ちが一瞬《いっしゅん》で吹き飛んだ。

のえるのことが気になっていた自分がひたすら馬鹿馬鹿《ばかばか》しく思えた。

なんだったんだあれは。

(やっぱり、自分の気持ちなんてさっぱりわからないや)

するとのえるは自信満々な顔で言う。

「それも愛よ」

「そんな愛情ごめんだよ!」

健太はつむじを曲げて、背を向けると、のしのしと去ってしまうのだった。

後には当惑《とうわく》するのえるだけが立っていた。

「あれれ?」

なんで健太が怒《おこ》るのか、わかっていなかった。

途中《とちゅう》までいい感じだったのに、なにがマズかったのだろうか。

本気でわからないでいる。

「おっかしーなー」

のえるは何度も何度も首を傾《かし》げるのだった。

おまけ

のえるに100兆円が転がり込んだ。


そのからくりはこうだ。

株価急落の時に政府が買い込んだ紙切れのような株券があった。

1000円台に低迷した株を10兆円ほどかけてまんべんなく買い込んだヤッだ。

その平均株価も、事態が収束するや元の値に戻《もど》りだし、1万円を突破《とっぱ》。

つまり10倍の価値をつけたというわけだ。

のえるはほんの数日で、専門用語で言うところの100兆円以上の利ざやを稼《かせ》いでしまったのである。

しかも、そのまま所有しておけば、景気回復の波に乗ることで20倍、30倍にもなる可能性を秘めている。慌《あわ》てて処分することもない。

しかし、のえるはあっさり売却《ばいきゃく》を決めた。

株式相場に上昇《じょうしょう》余地があるうちに大量の株を市場に放出することで、国民にちょっとした資産形成のチャンスを提供しようというアイデアである。

「株価暴落で死ぬ思いした人もいるだろうしね」

その政策は、株価だけではなく内閣支持率のちょっとした上昇にも寄与《きよ》した。

途端《とたん》に気をよくしはじめたのは大臣を始めとする財務省官僚《かんりょう》たちだった。

１００兆円の臨時収入だ。

なにしろ、毎年30兆円もの借金をして国家予算をやりくりしている財務省職員の喜びようといったら、庁舎は毎日がサンバカーニバルのような浮《う》かれっぷりだった。

すでに日本政府は７００兆円という、笑いたくなるような借金を抱《かか》えている。

省内では、一日も早く返済して身軽になろうという意見や、資金運用をして殖《ふ》やしてから借金返済に充《あ》てようという意見やら、１００兆円の使い道について、当の総理が頼《たの》みもしないうちから様々な計画書を提出してくる始末だった。毎日のように。

「ちょっと待った。あたしがいつ１００兆円を国債償還《こくさいしょうかん》に充てるって言った？」

「言うも言わないも、財政再建以上にどんな使い道があるっていうんですか」

「あたしは50兆円しか税収がないのに、毎年30兆円も借金して予算を組んでる体質をどうにかするほうが先決だと思うんだけど……」

良い考えがあるのよ、といってのえるは記者会見を開くことにした。

報道陣《ほうどうじん》やテレビカメラの前で、彼女はぺこりと頭を下げた。

「えと、今回のことではゴメンナサイ。つい熱くなっちゃって、みんなに迷惑《めいわく》をかけちゃったよね。ホントにゴメンナサイ」

のえるを敵視して止《や》まない新聞記者の鈴原が、すかさずつっこんだ。

国民経済を混乱させておきながら、政府は100兆円も儲《もう》けたというのはどういうことなのか。もはやこれは経済犯罪ではないかと。

「そうそう、そのことなんだけどね」

のえるは宣言した。

「来年の税金はタダにしようと思うのよ」

鈴原は納得《なっとく》しなかった。

「そんなことで国民が納得すると思っているんですか!」

どうなったか?

納得した。

支持率はあれよあれよと急上昇《きゅうじょうしょう》、小数点の戦いを繰《く》り広げていた数字は、70%、80%

の大台にのりあげてしまうのだった。

のえるは官邸《かんてい》で呵々《かか》大笑した。

「あれよね。政治って結果がすべてなのよね」

「もー、たまたまうまくいっただけだろ」と、健太。

「結果よければすべてよし！」

のえるも調子がいいが、国民も調子がいい。

「つまり、日本もまだまだ元気ってことよ！」

「みんないいかげんすぎる……」

言葉もない健太なのだった。

あとがき

上手にウソをつくことができますか？


俺はダメです。

まず声が大きいので、狭《せま》い教室では隠《かく》し事ができません。

記憶力《きおくりよく》が弱いので、自分で作ったウソの設定をすぐに忘れます。

しかも、脳を通さず反射神経でモノを言っているので、言ってはいけないことを簡単に口にしてしまいます。

それで二度、三度、信用をなくし、痛い目に遭《あ》って悟《さと》ります。

「俺にウソは向かない」

ウラオモテがないというと誉《ほ》め言葉のように聞こえますが、ウソをつく才能がないので、正直に生きるしかないのです。

だから、締《し》め切りが近づいても逃《に》げたりしません、居留守も使いません。

堂々と受話器を取って、

「間に合いません」

正直です。

なんの解決にもなっていないのですが。


俺はいわゆるガンプラ世代で、ロボットが出てくるかどうかでアニメを見ている時期がありました。特にお気に入りのひとつに「超時空要塞《ちょうじくうようさい》マクロス」という作品がありまして、「歌の力で戦争を終結させる」という、SF史に残るセンスオブワンダーなお話なのですが、当時は戦闘機《せんとうき》からロボットに変形するバルキリーが好きなだけで見てました。

そのマクロスの脚本《きゃくほん》を書かれていた富田祐弘《とみたすけひろ》さんと、それから十数年して「爆球連発《ばくきゅう》！スーパービーダマン」という作品で一緒《いっしょ》に仕事をすることになったのです。

もう俺は感動で、感動しまくりで、雑談時間中は自分がどれだけ富田さんの作品を見てきたか、どれだけ影響《えいきょう》を受けたか、迷惑《めいわく》をかえりみず、そんな話をしまくりです。最初のうちはおとなしいのですが、熱がこもってくると舌のすべりもよくなり、しまいには、「いやー、キャラを殺して客を泣かす脚本家はたくさんいますけど、キャラを殺して客を笑わせる脚本家は、富田さんぐらいですよ！」

しまった、と思っても後の祭りです。

自分の感動を伝えたくて、あらんかぎりの言葉を尽《つ》くして表現しようとしただけなのですが、イキオイがつきすぎて、最後にはいつも失礼なことを言ってしまいます……。

なんてことを思い出したのは、著者校で本文を読み直していると、調子にのって歯止《はど》めなくアホなことばかり書いてるくだりをみつけて、適度なところでブレーキをかけることができたら、もうちょっとお利口さんな話になるのになー、とか心をよぎってしまったからですが。

富田さんと言えば「ビーダマン」の仕事が終わり、半年ぐらいして、ぜんぜん違《ちが》う場所で友達と御飯《ごはん》を食べていたところで、不意にばったり再会しました。

「お、おひさしぶりです！」

そのとき俺はかちんこちんになって、反射的に起立して深々と頭を下げていたんですね。

俺にとって富田さんは、それぐらい感動に値《あたい》する存在なわけです。

あのとき俺が脚本という仕事に、テレビを通して子供と向き合う仕事に、とことん夢中になれたのは、自分がかつて子供だった頃《ころ》にアニメに感動することができて、その感動を十数年経《た》っていても覚えていられたからだと思うようになりました。

アニメだけじゃなくて、音楽やスポーツ、そしてもちろん小説も同じで、かつて自分が感じた衝動《しょうどう》を今度はみんなに送りたい、自分にだって送ることができるはずだ、と強く確信できるからこそ、迷わず進んでいけるのだと。

感動することは無駄《むだ》じゃないです。

魂《たましい》のエネルギーは尽きることがありません。

何年かして、自信をなくしたり、夢を見失ったときに、その記憶は心を温かくしたり、行くべき道を示す灯火《ともしび》となってくれます。

いろんなことに心をときめかせていきましょう！

……あとがきだと、ちゃんと真面目《まじめ》なことが書けるのに。

今月は、少年エース増刊号『少年エース桃組』で、のえるのまんが。

そして月末の『ザ・スニーカー』に、のえるの短編掲載《けいさい》。

さらに文庫のしおりがのえると、のえる尽くしです。

あすか正太

ひと月のうちにすべて刊行されるということは、ひと月のうちにすべての締《し》め切りがやってくるということ。

あとがきを書いているこっちはのんびりしたものですが、すべての挿絵《さしえ》、まんがを描《か》かれる剣《つるぎ》さんの修羅場《しゅらば》はこれからです！

今巻は、そんな剣さんのインタビューをおまけにつけてみました。どうでしょ？

読んでみたいもの、してほしいことがあれば、遠慮《えんりょ》なくリクエストくださいね。

三巻はそれほどお待たせしないはずです。

剣康之インタビュー

——本日はお忙《いそが》しいところをありがとうございます

いえいえ、こちらこそ。ごほごほ。

——風邪《かぜ》ですか？

ええ、二日くらい前からなんですが、熱はおさまったのですが咳がとまらなくて……。

——そんな具合の悪いときにすいません。では早速《さっそく》、今回の「のえる」についてですが、お気に入りのキャラクターなど教えてください

みんな好きです！　そのなかでも一番好きなキャラクターといえば、やっぱりのえるでしょう！　のえるってわりと一途《いちず》なんですよね。彼女の破天荒《はてんこう》でありつつ軽妙《けいみょう》に物事を解決していくのが大好きです。あとは今回登場したさくら先生がかなりお気に入りです。ボクが「眼鏡《めがね》をかけて欲しい」とあすかさんに無理をお願いしてしまいました。

弥生は今後どうなるんでしょうかね。正統派っぽいヒロインなので、今後もう少し出番があると嬉《うれ》しいですよね。絵柄《えがら》的にも、ボクが一番得意とするキャラクターですので（笑）。

——あすかさんは剣さんの描くのえるの大ファンで、キャラクターについては剣さんを全面的に信頼《しんらい》されていますよね。特にキャラクターを描くときに意識していることなどありましたら、教えてください

キャラクターの性格がイラストでぱっとひと目見てわかるようにこころがけています。のえるは明るく元気よく！ シャイニィはいろいろなものを背負っている、という感じですね。健太はいつもモメゴトの中心にいていろんなことに振《ふ》り回されているという感じで。彼のわりとオロオロしているところはボクそっくりですしね（笑）。

——今回お気に入りのシーンはありますか？

白雪姫《ひめ》VSシンデレラですね。コミカルに描《えが》きつつアクションもいれてみました。読者のみなさんにうまく伝わるといいな、と思っています。

——さて、2001年十二月発売の「少年エース桃組」で、いよいよ「のえる」のコミック連載が始まりますが、意気込《いきご》みのほどをお聞かせください。

イラストとコミックは表現方法が似ているようで違《ちが》うんですよね。コマ割とか間《ま》とかを自分で考えてやらなければいけないので、いい意味でもプレッシャーですし気合もはいってますよ。コミックの原作もあすかさんにオリジナルで手がけてもらっていますけど、最終的にはボクが味付けをしますので、やっぱり気合が入ります。今ちょうど頑張《がんば》っている

ところです。是非《ぜひ》、読んでください！

コミックと同様、２００１年十二月末発売の雑誌「ザ・スニーカー」でものえるのカラーページと読みきりが掲載《けいさい》されますので、そちらも見てくださいね！

——将来の展望などありますか？　ゆくゆくはアニメ化などを……

ああーいいですねー。是非やりたいですねー。自分のキャラクターがアニメになって動くというのは、絵描きとしてはある意味究極の野望ですからね。

——声優さんとか具体的にリクエストはありますか？

うーん、そこまで考えてませんが、川上とも子さんなんかイメージにあうかなぁ。とにかくアニメ化は絶対やってみたいですよね。

——なんか、すっかり風邪、なおってませんか？

あれ、ホントだ。やっぱり「病は気から」なんでしょうかね（笑）。とにかく、ますます広がるのえるの活躍《かつやく》にご期待ください！　読者のみなさまの熱いご声援《せいえん》、待ってます！

——本日はどうもありがとうございました。

（２００１年十一月・池袋《いけぶくろ》某《ぼう》ファミレスにて）

おまけトーク2 のえるの刑法《けいほう》改正案

「あれね、イジメは問答無用で**死刑**にすべきね。健ちゃん、そう思わない？」

「し、死刑って……。さすがにのえるそれは」

「あ、健ちゃん。もしかしてイジメられる方が悪いとか、そういう立場の人なわけ？」

「なんで僕がイジメっ子の肩《かた》持たなくちゃならないんだよ……」

「な〜んだ。そういうキャラにイメチェンするのかと思っちゃった」

「じゃ、なくて、死刑は極端《きょくたん》すぎだろ。いくらなんでも」

「いいのよ。イジメなんて、相手もおなじ人間なんだってこともわからないヤツがするもんなんだからさ、だったら、こっちも人間扱《あつか》いしないほうが平等ってもんじゃない？」

「いや、まあ……、そういう面もあるけれど、世の中にある犯罪はイジメだけじゃないんだから、他の刑罰《けいばつ》とバランス取らないといけないだろ」

「え……悪いことしたら**みんな死刑**なんじゃないの？」

「いつの時代の話だよっ！」

「へー、違うんだ」

「キミ、いちおう総理大臣なんだよね……」

「しょーがないじゃない、インチキで総理になったんだから！」

「詐欺罪《さぎざい》も死刑になるのかな……」

「何か言った？」

「いやいやなんでも。とにかくキミは総理なんだから、刑法を変えたいなら、ちゃんと条文を吟味《ぎんみ》した上で、どことどこを変えるっていう風にしないと、法務省の人が困るだろ」

「刑法って何条まであるの？」

「268条。それ以外にも軽犯罪法、暴力行為《こうい》等処罰に関する法律、盗犯罪《とうはんざい》の防止および処分に関する法律、破壊《はかい》活動防止法、爆発物取締罰則《ばくはつぶつとりしまり》などなど、イジメを扱うなら少年法だって直さないといけないし、裁判についての法律はそれとはまた別になるから……」

「うわー、面倒《めんどう》くさ、こうなったら**全部死刑！**」

「あのー、そしたら自転車の2人乗りも死刑になるんだよ、のえる」

「そうなの？」

「交通規則違反《いはん》として行政犯の対象になるんだ」

「……じゃ、**全部無罪**」

「イジメを取り締《し》まるんじゃなかったのっ!?」

「他の方法を考えましょ、なんでも刑罰で解決しようとするのはよくないわ」

「覚えるのが嫌《いや》なだけだろ……」

「やっぱ、話し合いかな？　愛の説得？　女の子らしく」

「その拳《こぶし》は？」

「言って聞かないヤツはブン殴《なぐ》るに決まってるでしょ！」

「女の子らしいのかなあ……？」


こんな総理でかまわなければ、解決してほしい問題や悩《なや》み事など、ハガキやお手紙で送ってください。（健太）

総理《そうり》大臣《だいじん》のえる！

恋《こい》する国家《こっか》権力《けんりょく》

あすか正太《しょうた》

角川文庫　12248

平成十三年十二月一日　初版発行

発行者——角川歴彦

発行所——株式会社角川書店

東京都千代田区富士見二—十三—三

電話　編集部(〇三)三二三八—八六九四

営業部(〇三)三二三八—八五二一

〒一〇二—八一七七

振替〇〇一三〇—九—一九五二〇八

印刷・製本——e—Bookマニュファクチュアリング

装幀者——杉浦康平

S 146-2　ISBN4-04-426202-0　C0193

角川文庫発刊に際して

角川源義

第二次世界大戦の敗北は、軍事力の敗北であった以上に、私たちの若い文化力の敗退であった。私たちの文化が戦争に対して如何に無力であり、単なるあだ花に過ぎなかったかを、私たちは身を以て体験し痛感した。西洋近代文化の摂取にとって、明治以後八十年の歳月は決して短かすぎたとは言えない。にもかかわらず、近代文化の伝統を確立し、自由な批判と柔軟な良識に富む文化層として自らを形成することに私たちは失敗して来た。そしてこれは、各層への文化の普及滲透を任務とする出版人の責任でもあった。

一九四五年以来、私たちは再び振出しに戻り、第一歩から踏み出すことを余儀なくされた。これは大きな不幸ではあるが、反面、これまでの混沌・未熟・歪曲の中にあった我が国の文化に秩序と確たる基礎を齎らすためには絶好の機会でもある。角川書店は、このような祖国の文化的危機にあたり、微力をも顧みず再建の礎石たるべき抱負と決意とをもって出発したが、ここに創立以来の念願を果すべく角川文庫を発刊する。これまで刊行されたあらゆる全集叢書文庫類の長所と短所とを検討し、古今東西の不朽の典籍を、良心的編集のもとに、廉価に、そして書架にふさわしい美本として、多くのひとびとに提供しようとする。しかし私たちは徒らに百科全書的な知識のジレッタントを作ることを目的とせず、あくまで祖国の文化に秩序と再建への道を示し、この文庫を角川書店の栄ある事業として、今後永久に継続発展せしめ、学芸と教養との殿堂として大成せんことを期したい。多くの読書子の愛情ある忠言と支持とによって、この希望と抱負とを完遂せしめられんことを願う。

一九四九年五月三日

〈ファンレターのあて先〉
〒102-8177 東京都千代田区富士見2-13-3
角川書店 アニメ・コミック編集部気付
「あすか正太先生」係